伍尔夫作品集

The Voyage Out

Virginia Woolf

远航（下）

［英］弗吉尼亚·伍尔夫——著

孟雨慧　梁晨——译

華中科技大學出版社
http://www.hustp.com
中国·武汉

目录

CONTENTS

第十六章

而此刻休伊特和蕾切尔早已到达了那片悬崖边。从那里低头望向大海，可以时不时地看到水母和鲸鱼。向另一个方向望去，无边无际的陆地虽然与英国的一样广袤，但给了他们一种迥然不同的感觉。英国的村庄和山丘都有名字，群山最远处与地平线往往融合在一起，看起来像是一道薄雾，但其实是大海；而这里的景色却只有被太阳晒干了的漫无边际的土壤。这些土壤向山顶延伸，跨越巨大的障碍物，就这样扩张着、蔓延着，如同无边无际的海面。它被日光与月光交替照耀着，被分割成不同的土地，建起了著名的城市，而土地上生活的种族由黝黑的土著人变为了白皮肤的西方人，随后又变为了黝黑的土著人。也许是身上流淌的英国血统使他们感受到了这景象的冷淡与敌意，他们只往那边看了一眼，就马上又转向了大海，并且在剩下的时间都没有再挪动视线。这片海水，虽然只是波光粼粼的薄薄一层，看起来没有波涛汹涌的景象，但还是收缩起自己庞大的身躯，将纯粹的色彩染上了一层灰色，盘旋挣扎着穿过狭窄的海峡，用细碎的海水带着颤抖冲向巨大的花岗岩石。正是这片海，汇入泰晤士河的河口，而泰晤士河的河水冲刷着伦敦这座城市的根基。

休伊特的心中想着这些事情，因此当他们站在悬崖边上时，他开口说的第一句话就是——

“我想回到英国！”

蕾切尔正枕着手肘躺在地上，拨开长在峭壁边的高高的草丛，以便能够拥有清晰的视野。海面十分平静，清澈的海水在悬崖底部上下摇荡，可以看到海底红色的石块。这景色从世界诞生之初就存在，直到现在都未曾改变。或许还从来没有人用船只或者身体打破过这片海水的宁静。她决定顺从内心的冲动去打破这永恒的平静，因此她将所能找到的最大一块卵石投了过去。卵石落入了水面，水波荡漾开来。休伊特也低头往下看去。

“太精彩了。”当水面重新归于宁静的时候他说道。这新鲜奇妙的景象在他看来十分精彩。他也投了一块卵石。

四周寂静无声。

“但是英国，”蕾切尔全神贯注地注视着前面的风景，用关切的语气低声问道，“你想回英国做些什么呢？”

“见见我的朋友们，”他说，“还有处理一些日常事务。”

他悄悄地注视着蕾切尔。她依旧沉浸在眼前的海水，以及海面下方冲刷礁石所带来的异常舒畅的心情中。他注意到她穿着一条由柔软的薄棉布制成的深蓝色连衣裙，身体轮廓清晰可见。这是尚未发育成熟的年轻女性的身体，有棱角、有凹陷，却丝毫没有走形，因而十分引人注目甚至惹人喜爱。休伊特又抬起双眼，观察起了她的头部。她把帽子摘了下来，将脸靠在了手上。她望着下面的大海，双唇微微张开。她的脸上带有孩子般的专注神情，好像在观察游过红色石块的一条鱼。然而，二十四年的生活阅历还是在她的神情中增添了一丝矜持。她那只靠在地面上的手，手指微曲着，优美灵巧；那方形的指尖以及跃跃欲试的手指俨然来自于一位音乐家。休伊特痛苦地意识到，她的身体不是毫无魅力，对他来说反而吸引力十足。这时，她突然抬起了头，眼中充满了热切和关心。

“你写小说吗？”她问。

那一瞬间他无法思考如何回答，只是在全力克制着自己渴望把她拥入怀抱的冲动。

“是的，”他说，“我是说，我正准备写小说。”

她没有把那双灰色的大眼睛从他的脸上挪开。

“小说，”她重复道，“你为什么要写小说呢？你应该作曲。音乐，你知道吗？”她移开了眼神，当她陷入思考时整个人就显得没有那么迷人了，她的脸庞也出现了些许变化，“音乐是最直接的表达方式，能够一次性把所有情感都表达清楚。写作对我来说有一些——”她停顿了一下，用手指划着泥土，在寻找合适的措辞，“隔靴搔痒。今天下午在阅读吉本的时候，我一直感到一种可怕的，噢，应该说是可憎又可恨的无趣！”她笑了一声，看了看也在笑的休伊特。

“那我以后再也不会借给你书了。”他说道。

“为什么会这样呢？”蕾切尔继续说道，“为什么我只能在你面前嘲笑赫斯特先生，当着他的面却不能呢？下午茶时，我真是彻彻底底地不知所措了，不是因为他的长相——而是因为他的思想。”她用手在空中划了一个圆，欣慰地意识到自己可以与休伊特这么轻松地说说话。那些撕碎友情的荆棘与棱角正在渐渐被磨平。

“在我看来，”休伊特说，“这也是惊讶不已的。”他已经恢复了内心的平静，甚至点燃了一根香烟。感受到了她的放松状态，他整个人也轻松自在起来。

“女人都对男人怀揣敬意，即便是那些受过良好教育的、能力非凡的女人也一样。”他继续说，“我觉得我们一定拥有某种对你们的控制力，就像是我们对马匹的控制力一样。在它们的眼里，我们比实际要高大三倍，否则它们不会服从于我们的。正因如此，我相信即便拥有了投票权，你们也不会怎么样的。”他若有所思地望着她。她看起来是那样光洁动人、情感细腻与青春焕发。“我敢说，至少还需要六代人的磨练，你们才能够从容地踏入法院和办公室。想一想普通男人都是多么恃强凌弱吧，”他继续道，“无论是一位勤奋工作、野心勃勃的普通律师还是商人，都需要养家糊口和维持社会地位。因此，他们的女儿需要给儿子让路，儿子会接受教育，然后他们也会为自己的妻子和家庭而恃强凌弱，这一切就会陷入循环。在这个过程中，女人一直都处于幕后……你真的认为选举权会给你们带来什么好处吗？”

“选举？”蕾切尔重复道。她的脑海中首先浮现出来的是塞进小盒子里的那张小纸片，随后才理解了他提出的问题。他们互相对视了一会儿，都感到这个问题很荒谬，于是都笑了。

“我觉得不会，”她说。“我只想弹钢琴……男人真的是那样的吗？”她问道，把话题转向了她感兴趣的方向，“我就不怕你。”她坦然地看着他。

“噢，我不一样，”休伊特回答，“我自己每年就可以赚六七百英镑。况且，感谢上天，也没有人把小说家当回事。毫无疑问，如果一个人被大家看重，那他就不会觉得自己的工作多么单调沉闷——如果经常受到邀约，拥有自己的办公室和头衔，收到许多慕名来信，接受表彰和勋章等。我从不嫉妒他们，虽然有时我会有这种念头，真是奇妙的融合！这由男性观念支配的世界真是令人惊奇——法官、公务员、陆军、海军、国会大厦、市长——我们创造了一个怎样的世界啊！再瞧瞧赫斯特。我敢保证，”他说，“自从我们来到了这里，没有一天不在讨论究竟是要留在剑桥还是去当律师的问题。这是他的事业——他的神圣的事业。如果说，我都已经听他说过二十遍了，那么我确信他的母亲和妹妹一定已经听过五百遍了。你能想象他家悄悄把他的妹妹支出去喂兔子，就是为了圣约翰能够独享房间学习吗？‘圣约翰在忙。’‘圣约翰需要茶。’你不知道这类事情吗？也难怪圣约翰认为那是相当重要的选择。那的确是。他需要养家糊口。但是圣约翰的妹妹——”休伊特安静地抽了一口烟，“没人把她当回事，这可怜的人。她只能喂兔子。”

“是的，”蕾切尔说，“我已经喂了二十四年兔子了，现在想起来感觉有些奇怪。”她陷入了思索。休伊特刚才以女性观点胡言乱语了一番，此时感到她即将开口谈论她自己了。这正是他所希望的，渴望以此增进他们之间相互的了解。

她回想着自己过去的生活。

“你的一天是怎样度过的呢？”他问。

她依旧在沉思。当回想自己的生活时，她发现自己的一天好像被四餐分割成了四个部分。这些划分非常严格，一天中的活动内容必须与之匹配。这就是她在回首自己的生活时所能想到的。

“九点钟早餐；一点钟午餐；五点钟下午茶；八点钟晚餐。”她说。

“那么，”休伊特说，“你早上都做些什么呢？”

“我要弹好几个小时的钢琴。”

“午餐后呢？”

“和我的一个姑妈去购物。要不就去见什么人，或者去捎个口信，有时候也得做一些必要的工作——水龙头有时会漏水。她们经常去探望那些一贫如洗的人——瘸腿的老女佣，需要就医票[①]的女性。我也时常一个人在花园中散步。有时在下午茶后有人来拜访；夏天的时候，我们会坐在花园里或者玩槌球；冬天的时候，我会在她们工作的时候大声朗读；晚餐后我会弹钢琴，她们会写信。要是父

① 当时英国穷人可以凭借就医票进行免费治疗。

亲在家的话，我们就会与他的朋友共进晚餐。我们大概一个月去看一回戏。偶尔我们也去外面吃饭，有时我会去参加伦敦的舞会，但不太频繁，因为回来的时候很麻烦。和我们经常打交道的都是家里的老朋友和亲戚。我们见不到几个人，只有牧师、佩珀先生和亨特一家。父亲在家的时候总是需要我们保持安静，因为他在赫尔工作得很辛苦。还有，我的姑妈都不是很强壮。要是想让房子中的一切都井井有条，需要花费不少的时间。我们的佣人总是偷懒，因此露西姑妈经常在厨房里忙活，而克拉拉姑妈，我想，上午大多是在打扫会客室以及整理亚麻饰品和银器。我们还养了几条狗。除了需要洗漱和梳理毛发外，它们还需要运动。名字叫桑迪的狗死了，但克拉拉姑妈还有一只来自印度的年纪很大的鹦鹉。我们房子中的每一件东西，”她激动地说，“都是有来头的！房子里面都是老家具，但并不太老，都是维多利亚时期的，是我的母亲或者父亲的家传。她们舍不得扔掉这些，即使我们的房子已经没有多余的空间了。那真是一座不错的房子，” 她继续道，“除了有些暗淡外——我指的是阴暗。”她的眼前浮现出了家里的会客室，那是一间长方形的大房间，有一面朝向花园的方形窗户。靠墙摆放着几张绿色的长毛绒椅子，还有一个带玻璃门的沉重的雕花书柜。对这间屋子的总体印象就是褪了色的沙发罩，淡绿色的大片空间，以及旁边几个装满了刺绣作品的篮子。墙上挂着几幅意大利早期的杰出摄影作品，有关多年前家族成员曾经游览过的威尼斯的桥与瑞典的瀑布。还有一两幅父辈和祖母辈的画像。另外，沃茨的绘画后有一幅约翰·斯图亚特·穆勒[①]的版画。那是一间没有明显特征的房间，既没有典型且堂而皇之的丑陋，也没有强烈的艺术气息，身处其中也不会感到十分舒适。蕾切尔把自己从对这熟悉场景的回忆中抽离了出来。

“但你对这些一定没什么兴趣。”她抬起头说道。

“上帝啊！”休伊特呼喊道，“我这一辈子还从来没有对什么产生过这么大的感兴趣。”她这时才意识到，在她回忆里士满的生活时，他的双眼一直未曾离开过她的脸

① 约翰·斯图亚特·穆勒（John Stuart Mill，1806年—1873年）：英国著名哲学家、心理学家和经济学家，十九世纪影响很大的古典自由主义思想家。

庞，这让她感到兴奋。

“继续，请继续说，”他恳求道，“让我们假设这是一个周三。你们都在吃午餐。你坐在那儿，露西姑妈坐在那儿，而克拉拉姑妈坐在这儿。”他一边说，一边在他们中间的草地上放了三块卵石。

“克拉拉姑妈切开羊羔的脖子，”蕾切尔盯着卵石，继续说道，“我的面前摆着一个被称为食品台的、非常难看的黄色瓷器，上面放置着三个盘子，一个装着饼干，一个装着黄油，一个装着奶酪。还有一罐蕨菜。在场的还有女佣布兰奇，她因为鼻塞，吸气的时候会发出响声。我们聊着天——对了，露西姑妈下午要去沃尔沃思，所以我们的午餐吃得比较快。随后她带着紫色的包和黑色的笔记本出发了。克拉拉姑妈周三在会客室要召开被称作 G.F.S[①]的会议，所以我带着狗出门了。我向里士满山走去，沿着街道走进了公园。那是四月十八日——和今天的日期一样。

① G.F.S：女孩友谊会（The Girls' Friendly Society），是成立于1874年的慈善组织，鼓励女孩与年轻女士通过参与一系列培训与教育提升自信，发挥潜能。

英国还是春天。地面十分潮湿。然而，我依然穿过道路，踏上了草地，和狗一起散着步。像往常独处时一样，我一路唱着歌，径直走到了一片宽阔的空地。如果天气晴朗的话，在那里可以俯瞰整个伦敦。汉普斯特德教堂在那儿，威斯特敏斯特大教堂在那儿，工厂的那些烟囱在这儿。伦敦的低空通常会被一层尘雾笼罩，而当伦敦陷入薄雾中的时候，公园的上空却是蓝色的。淡黄色的气球穿过这片空地，飞往赫林汉姆[①]。这附近空气的味道非常好闻，尤其是当看守人恰好在烧柴的时候。我能够准确地告诉你如何从一个地方到另外一个地方，你会经过哪些树木，以及你需要在哪里穿过街道。你知道吗？我从很小的时候就在那附近玩耍。那里的春天不错，但秋天是最好的，因为可以听到鹿鸣；然后天色渐暗，我穿过街道往家走，这时都无法看清路上来往的行人了；他们从你的身边匆匆而过，你甚至来不及看清他们的脸庞，我喜欢这种状态，至少没有人知道你在做些什么……”

---

① 当时英国流行氢气球，通常在赫林汉姆附近进行氢气球聚会。

“但我想,你必须得赶回家喝下午茶吧?”休伊特问道。

“下午茶?是的。五点钟。在喝下午茶的时候我会讲讲自己做了些什么,我的姑妈们会讲讲她们都做了些什么。有时也会有客人前来拜访，就假设是亨特太太吧。她是一个跛足的老太太，有八个孩子，或者说，是曾经有过八个孩子。我们会问起那些孩子的情况。他们遍布世界各地，因此我们会询问他们都在哪里。有的时候他们病了，或者身处霍乱流行区，或者身处一个一年只下一次雨且一次下五个月的地方。亨特太太，”她微笑着说，“有一个儿子被熊搂住死掉了。”

她说到这里停了下来，看着休伊特，想确认他是否也和自己一样觉得好笑。他笑了，于是她放心了。但她认为有必要为自己已经喋喋不休地说了这么久而道个歉。

“你都想象不到我对你说的话有多感兴趣。”他说。的确，他听得太专注，以至于手上的香烟都已经在不知不觉间熄灭了。此时只好再点燃一支。

“你为什么那么感兴趣呢?”她问。

“一方面是因为你是女性。”他回答。当他讲话的时候，已经忘记一切、感到孩童般纯真愉悦的蕾切尔，此时失去了以往的直率，反而变得有些难为情。她马上感到了自己的孤立无援与引人瞩目，这感觉就如同她和圣约翰·赫斯特争论时一样。她正准备与他进行一番唇枪舌剑，解释感觉并没有语言所表达出来的那么重要。毫无意外这番激辩会使他们之间产生隔阂。然而就在这时，休伊特将她的思维引领到了另外一个方向。

“我经常走在街上，看着那一排排一模一样的房子，想象着里面的女性究竟在做些什么，”他说，“想想看：现在是二十世纪初，而就在几年前，女性还不能独自外出，也不能发表意见。这几千年来，她们一直处于幕后，过着那种奇怪的沉默的且无人在乎的生活。当然我们也会在文字里描绘她们——虐待她们，揶揄她们，或者崇拜她们；但这些文字并非出自女性之手。我相信，我们仍对她们的生活方式，她们的感受，或她们所做的事情毫不知情。对于男性来说，唯一能够听到的女性心声来自于恋爱中的年轻女士。而对于四十岁的女性、未婚女性、职业女性、经营店铺和抚养孩子的女性，像你的姑妈、索恩伯里太太和艾伦小姐这样的女性的生活——人们一无所知。她们也不会主动告诉你。这或许是因为她们害怕，也或许是因为她们有与男性相处的独特方式。你也知道，你接触到的世界全部是由男性观点构建而成的。想想火车吧！十五节车厢全都是为抽烟的男士准备的！这难道不让你感到血脉贲张吗？ 如果我是女性的话，就一定会给男性点颜色看看。你不是常常嘲笑我们吗？你难道不认为这是一场惊天骗局吗？ 你，我的意思是——你对这一切是怎么看待的呢？”

他执意探寻的这些问题为他们的交谈赋予了意义，却也难住了她；而他似乎看起来越来越迫切地想要知道答案，这也使她的回答显得十分重要。她花了一些时间思考，一遍又一遍地回顾她二十四年的生命历程，一会儿想想这里，一会儿想想那里——她想起了她的姑妈、她的母亲、她的父亲，最后她的思绪停留在了她的姑妈和她的父亲身上。她试图隔着现在这遥远的距离来描绘他们的形象。

她们都非常害怕她的父亲。他是房子中一股不可名状的巨大力量，她们都是依附于他的力量以通向外面广阔的世界的，而这广阔的世界又是通过每天早上的《泰晤士日报》

展现在她们面前的。但家中的实际生活又大不相同。温雷丝先生仿佛与这里的实际生活毫无关联，甚至察觉不到这种生活的存在。他对待她们十分和善，但心怀蔑视。她之前想当然地认为他那套对事物进行等级划分的观点是正确的：一个人的生命绝对会比另外一个的更有价值。因而与他相比，她们的生命是无关紧要的。但她真的认同这观点吗？休伊特的这番话使她陷入了思考。她一直对她的父亲言听计从，就像姑妈们一样；但真正对她产生影响的是她的姑妈，也正是姑妈支撑起了美好而亲密的家庭生活。她们虽然不像父亲那样了不起，但更加真实自然。她所有的不快也都是因为她们；是她们操持着一日四餐的生活，是她们严守着时间，也是她们让佣人十点半钟就站在楼梯上。这些她都仔细地观察过，并且迫切地希望能够打破这种墨守成规的日子。想到这些，她抬起头说道：

“她们的生活也存在着美好——此时此刻，就在里士满，她们就在构筑着美好生活。也许她们的做法并不正确，但这其中还是蕴含着美好，”她重复道，“那是一种难以觉察、恰如其分的美好。而且，她们对待事物也是满怀情感的。

她们对死亡十分关注。年老的未婚女性总有忙不完的事情。我不知道她们具体在做些什么，但这些都是我和她们在一起生活时所真切体会到的。”

她回想起她们的那些短途旅行，去沃尔沃思，去探望腿脚不便的女佣，去参加这样或者那样的会议，看到她们出于天性、友谊、爱好与习惯所做出的那些仁慈慷慨的点滴善举如期开花结果。她仿佛看到这一桩桩一件件的事情就像是一粒粒飘落的沙粒，穿越无数个日子，聚沙成塔，变成了一片风景。当她思考这些的时候，休伊特一直望着她。

“你觉得开心吗？”他问。

本来她的思绪又一次沉浸到了其他事情中，他的提问将她唤回到了对自我探寻的状态中。

“不好说，”她回答，“既开心，也痛苦。你不会明白这种感受的——作为一个年轻女性的感受。”她直直地望着他。“有恐惧，也有苦恼。”她一边说着一边继续盯着他，仿佛正试图在他的脸上发现一丝笑意。

“我完全明白。”他说着，用真诚的眼神回应着她的凝视。

“那些街上的女性。”她说。

“妓女？”

“与男性正在亲吻的。”

他点了点头。

“你从没听说过吗？”

她摇了摇头。

“好吧。”她欲言又止，因为即将谈到她从未与人提及过的感受。她刚才提到的那些关于她的父亲，她的姑妈，里士满公园的散步，以及她们从这一刻到那一刻都在做些什么的事情，全部都还仅仅停留在生活的表面。休伊特正在望着她。他会不会要求她进一步讲述自己的生活呢？为什么他坐得那么近，而且还目不转睛地看着她呢？为什么他们还在彼此探索、互相烦恼呢？为什么他们没有单纯地彼此亲吻呢？她很想吻他，却又不得不一直在搜肠刮肚地组织语言。

“女孩比男孩更加孤单。没有人在乎她在做什么，也对她毫无期待。除非你长得十分漂亮，否则人们不会听你在说些什么……我倒是喜欢这种感觉，”她又用充满活力的语气加上了这一句，仿佛想起了一些愉快的回忆，“我喜欢在里士满公园散步，唱歌给自己听，享受那种与任何人都毫不相干的感觉。我喜欢静观其变——就像那天晚上我们看到你而你没有看到我们一样，我喜欢这种自由的感觉——仿佛自己变成了风或海。”她转过身来，古怪地挥了挥手，然后望向了大海。海面依旧湛蓝，翻涌着奔向视线的最远处，但是照在上面的光线变黄了一些，云层也呈现出了火烈鸟一般的红色。

当她讲话的时候，休伊特感到了一种强烈的抑郁情绪。显然，她永远不会对一个人投入比对其他人更多的关爱；毫无疑问，她对他很冷淡；他们似乎走得很近，随后却又像以前一样相隔得很远；她那转身的姿势怪异而美丽。

“胡说，”他突兀地说道，“你喜欢人群。你喜欢赞美。你对赫斯特不满的原因是因为他没有称赞你。”

她沉默了一段时间，然后开口说道：

“也许就是这样。我当然喜欢人群——我几乎喜欢每一个见过的人。”

她转过身，背对着大海，用友好但又带着点挑剔的目光审视着休伊特。他看起来气色很好，大概是因为摄入了足够的牛肉以及呼吸到了新鲜的空气。他的头很大，眼睛也很大；目光虽然经常处于涣散的状态，但有时也会变得敏锐机敏；他的嘴唇看起来十分多愁善感。他看起来是一个富有激情与活力、像是意气用事的人，整个人既宽容又挑剔。那宽大的前额表明了他出色的思考能力。蕾切尔说话的语气中带着一丝对他的兴趣。

“你写的是哪种小说？”她问。

“我想写一部关于沉默的小说，”他说，“写一写那些人们不愿意说的事情。但是太难了。”他叹了口气。“虽然，你也不关心这些，”他继续说道，用几近严厉的目光看着她，“没人关心这些。如果你认识作者的话，那么你阅读的目的就仅仅是为了看看作者是个什么样的人，还有他把哪些朋友写进了小说中。而至于小说本身，整个构思，观察事物的角度，对事物的体会，以及与其他事物的关联，完完全全没有人关心。然而，我有时候会想，难道这世上还有其他值得去做的事情吗？那些人，”他指了指宾馆的方向，“一直在追求一些他们无法得到的东西。但写作总会带给人一种非凡的满足感，即使在创作初期也可以体会到这种感觉。你刚才说的话是对的：人们并不想自己成为被观察的对象，只是希望能够观察其他人。”

当他凝视大海的时候，刚才提到的那种满足感浮现在了他的脸上。

现在轮到蕾切尔感到沮丧了。当他提到写作的时候，整个人突然变得冷漠了起来。他可能永远也不会在乎谁，所有想要了解她、接近她的欲望，那种几近令她苦恼的迫切情感，顷刻间全部都消失了。

“你是一位出色的作家吗？”她问。

“是的，”他回答，“当然，我不是一流的作家；但我是出色的二流作家；我想，和萨克雷[①]差不多吧。”

蕾切尔感到有些吃惊。一方面是因为她听到萨克雷被称为二流作家；另一方面是因为她无法相信当今时代存在伟大的作家。如果的确存在的话，那么她认识的随便哪个

① 威廉·梅克比斯·萨克雷（William Makepeace Thackeray，1811 年—1863 年）：英国维多利亚时代的代表小说家，与狄更斯齐名，其代表作品为《名利场》。

作家都可以被称为伟大了。他的自信令她震惊。他仿佛变得越来越遥远了。

“我的另外一部小说，”休伊特继续说道，“是关于一个沉溺于理想的年轻人的故事——他的理想是成为一位绅士。他想方设法地留在剑桥，每年要为此花费上一百英镑。他拥有一件外套，那曾是一件绝好的外套。但是他的裤子——就不那么好了。就这样，他来到了伦敦，因为一个清晨在瑟彭泰恩河岸的奇遇，打入了上流社会。但他不得不一直撒谎——你看，我是想表现出他逐渐堕落的灵魂——谎称自己是德文郡某个地产商的儿子。与此同时，他的这件外套越来越旧了，而且他也几乎不敢再穿他的那条裤子了。你能想象吗？这个可怜人在经过纸醉金迷的夜晚后，凝视着他的这身行头——先是挂在床尾，一会儿移到光线充足的地方打量一番，一会儿又挪到阴暗之处瞧瞧，盘算着它们还能不能为他再多挺几天，或者说，他还能不能为它们再多挺几天？自杀的念头一直萦绕着他。他还有一位在阿克斯布里奇附近的田野里设立陷阱，误打误撞开始以贩卖小鸟为生的朋友。他们是学者，两个人都是。我认识一两位这种可怜的忍饥挨饿的学者。他们会隔着一条煎鲱鱼和一品托的黑啤酒，向你引述亚里士多德的著作。这也是一种很时髦的生活方式。为了展现我的主人公在各种环境之下的表现，我不得不多说两句。他曾经制服过西奥·宾厄姆·宾利小姐——一位来自于杰出并且历史悠久的保守党贵族的千金——的受惊的坐骑。我还要描述一下曾经参加过的那种聚会——时髦的知识分子的聚会，你也知道，就是喜欢把最新的书籍摆放在桌子上的那种人。他们会举办那种在河上大家一起做游戏的聚会。构思这些事情倒是一点都不难，困难的是塑造这些人物——保持人物形象从头至尾的一致性。就拿西奥小姐来说，这可怜的女人最后将不得善终。因为按照我的构思，这本书将在追求体面生活的悲惨状态中收尾，具有深远的意义。与父亲脱离了关系后，她嫁给了我的主人公，一起住在克罗伊登郊外一幢舒适的小别墅中，而他成为当地的一位房地产经纪人。他终究没有成为一位真正的绅士。这也是这本书有趣的地方。你会愿意读这种书吗？”他问道，“或者也许你会更喜欢我的斯图尔特的悲剧故事，”还没有等她回答，他就继续说道，“我的想法是，过去的确存在一些美好的事物，却被平庸的历史小说家那荒谬的写作技巧破坏了。例如，月亮被描绘成天空的总督，人们把马刺戳向了他们的马，等等。我要把过去的人们描绘得与当今的我们一模一样。这样做的好处就是，脱离了时代环境，可以使他们的形象显得更加清晰与更加抽象。”

蕾切尔专注地听着这些话，却依然有些迷惑不解。他们都默默地坐着，想着各自的心事。

“我不像赫斯特，”沉默了一会儿，休伊特若有所思地说，“我看不到人们脚下的粉笔圈。有时我希望自己也能看到，但那对我来说似乎过于复杂与困难了。人们根本无法做出任何决断，而且已经逐渐丧失做出决断的能力了。你发现了吗？人们永远无法与其他人感同身受。我们都身处黑暗之中。即使我们竭力地探寻，但还有什么比一个人对另一个人的揣测更滑稽可笑的吗？人们总是以为自己心中有数，但其实根本一无所知。”

他一边说话，一边靠在手肘上，不停地摆弄着草地上那些代表着午餐时蕾切尔和她的姑妈的石块。他的这番话既是说给蕾切尔听的，也是说给自己听的。他在极力压抑再一次强烈涌上心头的欲望；他渴望将她拥入怀中；渴望暧昧的关系；渴望对她描述自己的真实感受。他刚才说的那番话违背了他的本意。他知道那些提到的事情对她而言是十分重要的，他可以从他们聊天的氛围中感受到。但是，他什么都没有说出口，只是摆弄着那些石头。

“我喜欢你，你喜欢我吗？”蕾切尔突然开口道。

“我非常喜欢你。”休伊特回答道。他出乎意料地得到了能够说出心中所想的机会。因此松了口气，手上的动作也停住了，不再继续摆弄那些石块。

“那我们可以称呼彼此为蕾切尔和特伦斯吗？”他问。

“特伦斯，”蕾切尔重复道，“特伦斯——这名字好像猫头鹰的叫声。”

一阵欣喜突然涌上了心头，她抬起头睁大了双眼高兴地望着特伦斯。她被他们身后正在变幻的天空打动了。原本湛蓝色的天空此时已经褪为了一种更加苍白与空灵的蓝色；云朵是粉红色的，堆成一团，看起来遥不可及；傍晚的宁静已经取代了他们刚开始散步时的那种南方午后的炎热。

“肯定很晚了！”她惊呼。

已经将近八点钟了。

“但是八点钟在这里不算什么，不是吗？”当他们站起身往回走的时候，特伦斯问道。他们沿着橄榄树间的一条小路飞快地向山下走去。

两人都了解八点钟在里士满的意义，因此他们感觉彼此间更加亲密了。没有足够的空间供他们并排行走，特伦斯走在了前面。

“我想，写作对于我的意义与弹奏钢琴对于你的意义是一样的，”他转头对蕾切尔说道，“我们想弄清楚藏在事物背后的是什么，不是吗？——看看这下面的灯光，”他继续说道，“四处散落着。事物对我来说就像是这些灯光……我想要把它们串联到一起……你见过焰火组成的图案吗？我想编织出这种图案……你也想这么做吗？”

此时他们走上了大路，可以并排前行了。

“当我弹奏钢琴的时候？音乐不太一样……但我能明白你的意思。”他们试着找出一些理论支撑自己的观点。因为休伊特不懂音乐理论，为了向他解释巴赫是如何创作出赋格曲的，蕾切尔拿起了他的手杖在薄薄的白色尘土上写写画画。

“我的音乐天赋，”在听完她的一番解释，他们再次前行的时候，他说道，“被家乡的风琴手给埋没了。他发明了一套符号教给我，结果我根本没能接触到真正的曲子。我的母亲认为音乐对男孩子来说不够阳刚，她更希望我去抓捕老鼠和鸟类——那是在乡下最糟糕的谋生手段。我们住在德文郡，是世界上最可爱的地方。只是——在成年后总是很难一直待在家里。我想你会愿意认识我的一位姐妹……噢，你家的大门到了——”他推开了大门。他们都沉默了片刻。她不好邀请他进去坐坐；也不好说些希望能够再见面的话；没什么可以说的，因此她一言不发地走进了大门，很快就消失不见了。就在看不到她的那一瞬间，休伊特感到往常的那种不安感又涌上了心头，并且比以往更加强烈。他们的谈话在中间被打断了，就在他正要说出他想说的事情的时候。不过，他们又能说些什么呢？他在心里又回想了一遍他们的谈话内容，那些不重要的事情被一次又一次地提起，占据了谈话的所有时间，把他们拉得那么亲近，却也把他们分隔得那么遥远。他感到意犹未尽，因为依旧没有了解她有怎样的感受，也无从知晓她是怎样的人。那么聊天到底有什么意义呢？难道仅仅是为了聊天而聊天吗？

第十七章

现在正处于旅游高峰季节，每艘从英国驶来的船只都会为圣玛丽娜海滨输送一些游客，他们蜂拥到了这家宾馆。安布罗斯夫妇的那幢房子就成了大家短暂逃离宾馆的喧嚣环境、享受欢乐时光的容身之处，不仅对赫斯特和休伊特来说如此，对艾略特夫妇、索恩伯里夫妇、弗拉辛夫妇、艾伦小姐、伊芙琳·M，以及一些安布罗斯夫妇不熟悉，甚至都叫不出名字来的人们来说，也是如此。渐渐地，这两幢建筑物之间产生了一种大房子与小房子的呼应关系，因此一天中的大部分时间，身处其中一处的人都可以猜测另外一处正在发生些什么。“别墅”与“宾馆”这两个词也代表了两种截然不同的生活方式。萍水相逢的人们逐渐变成了朋友。人们之间那条原先由帕里太太的会客室所维系着的纽带也不可避免地根据英国的不同区域被分割成了好几条。因为缺少英国那种井井有条的生活背景作为支撑，这些群体有时候显得松散脆弱，有时候势若剑拔弩张。在一个圆月挂上枝头的夜晚，伊芙琳·M向海伦讲述了她的故事，并断言她们的友谊将天长地久；但不久之后，仅仅因为一声叹息、一阵沉默，或者一句不经意说出的话语，可怜的艾略特太太就眼含泪光地跑出了别墅，并发誓再也不会与这个侮辱了她的冰冷无情、自命不凡的女人见面。事实上，她们真的再也没有见过面。如此脆弱的友情不值得被修复。

休伊特的确可以在这幢别墅中为他那本名为《沉默，或那些没有说出口的事》的小说寻觅到一些绝佳的素材。海伦和蕾切尔开始变得十分沉默。海伦察觉到了蕾切尔有什么秘密在瞒着她。海伦决定尊重她的选择，没有多问。但由于这个原因，尽管并非刻意而为之，她们之间滋生出了一种奇异的气氛。她们之间一向无话不谈、畅所欲言，而现在却仅仅分享彼此对所见之人的看法。但即使是这样，在谈论索恩伯里夫妇与艾略特夫妇的时候，也可以清晰地感受到由秘密带来的某种隔阂。一向沉着冷静、不动声色的海伦这次也切实感到了一丝悲观沮丧。她对个人并不苛求什么，更不相信命运的仁慈，认为这与“一分耕耘，一分收获”的说法是背道而驰的。而她现在也要抛弃这套理论，准备任由身边的混乱发生了。她开始觉得每件事情的发生根本就是无因可寻的，每个人都不过是在幻想与盲目中摸索前行。带着几分满意，她把自己的这些观点讲给了外甥女听，并且拿出了一封从家中寄来的信件作为验证：信上带来的虽然是好消息，但原本也可能是坏消息。她怎么知道此刻她的两个孩子没有被电车撞倒，已经死掉了呢？“这种事情会发生在别人的身上，难道就一定不会发生在我的身上吗？”她说着，脸上展露出了沉浸在幻想的悲伤中的坚忍表情。虽然这些看法很真诚，但的确都是被她的外甥女的异常状态激发出来的。蕾切尔的思想摇摆不定，经常一下子就从快乐的巅峰滑入了绝望的深渊。因此似乎非常需要一些坚定的信念来面对这种情形，而这信念当然不仅是坚定的，还必须是模糊的。也许安布罗斯太太抱有这样一种想法——如果自己将这次谈话向着这个方向继续下去的话，她就有可能会对蕾切尔的真实想法一探究竟。但这也很难说，因为蕾切尔有时候会同情令人沮丧的事情，而有时候却又拒绝聆听，并且用狂笑、喋喋不休、强烈的嘲讽和激烈爆发的愤怒，甚至所谓的“在泥浆中哇哇大叫的乌鸦”把海伦的话噎回去。

“不考虑这些就已经够艰难的了。”她坚定地说。

“什么艰难？”海伦问。

“生活。”她回答道。随后她们又都陷入了沉默。

海伦可能对于生活为什么艰难有着自己的见地，正如同她对于大约一小时后的蕾切尔也有着自己的见地一样。那一刻，对蕾切尔来说，生活是那么绚烂多姿与生动活泼，以至于她那透露着这一讯息的双眼令旁观者都感到欢欣鼓舞。按照海伦的作风，她没有试图去干涉蕾切尔的生活。即使在好几个脆弱沮丧的时刻，她原本可以非常轻易就让蕾切尔这种不太谨慎的人吐露心声，从而能够知晓一切。也许蕾切尔以后会对她没有选择这样做而感到懊悔。所有情绪在海伦的脑海中自发地汇合，就如同一条湍急的河流，越来越快，越来越快，汹涌澎湃地冲向瀑布。她本能地想要大叫“停下来！”。但是即便“停下来”这句话有用处，她也会克制住自己，不去喊出来。她觉得万物都应该顺其自然。而水流的奔腾是由地球的形状决定的。

蕾切尔好像丝毫没有想到自己正在被别人关注，也没有发觉自己的行为举止可能会引起别人的注意。究竟在她身上发生了什么，她自己也说不清。她的内心就像是海伦所比喻的那条湍急的河流。她渴望见到特伦斯；当他不在身边的时候，她就一刻不停地希望可以见到他；惦念着与他相见是种极大的痛苦；这种痛苦的感觉整日纠缠着她，但她从来没有问过自己，这股影响了她生活的力量究竟源自何处。她思考不出任何结论，感觉自己仅仅是一棵被风吹得不断下沉却还在思考会沉到哪里的树木。

距离他们一起散步已经过去了两三周，在这期间，她在抽屉中积攒了六张他写来的字条。她会读读它们，然后整个早上都沉浸在幸福的眩晕感中，脸上陶醉的神情令窗外灿烂阳光的多彩与热烈都稍显逊色。在这种情绪的笼罩下，她根本无法阅读书籍或者弹奏钢琴，甚至都不愿意挪动一下。她丝毫没有注意到时间的流逝。当夜幕笼罩的时候，她被宾馆的灯光吸引到了窗边。那盏来回移动的灯光是从特伦斯的窗口透出的：也许他正坐在那里阅读，或者正在走来走去，把书一本接一本地从书架上抽出来；现在，他又坐了下来。她试图想象他在想些什么。那几点固定的灯光代表环绕着特伦斯房间的屋子。宾馆中的每一个人都拥有独特的浪漫故事与吸引力。她们并非等闲之辈。她把特伦斯与她们说话的原因归结于艾略特太太的智慧、苏珊·沃林顿的美丽，以及伊芙琳·M的活泼开朗。忧郁的情绪无孔不入，无处不在。她的心就像是被云层之下的黑暗笼罩、正被狂风与冰雹侵袭的荒原。她再一次消沉地坐在了椅子上，沉浸在痛苦的思绪中；海伦的那些捕风捉影与沮丧忧郁的话语就像是扎在她心头的无数飞镖，令她不禁高声抗议生活的艰难。幸好在没有其他缘由的时候，这种压抑的感觉会减弱，而生活还如往常般继续，只是偶尔可以体会到前所未有的愉悦快乐与色彩斑斓；她的这些情绪拥有某种意义，就如同她在树上看见的场景：夜晚似黑色的分界线，将她与白日分割开来；而她想体验那种所有的白日联结在一起持续不断的感觉。虽然这些情绪都是直接或者间接地由特伦斯的出现和他的想法引起的，她却永远不会承认自己爱上了他，也没有考虑过这种情绪即将带来什么。因此，那河流冲向瀑布的比喻与她的状态十分相像，而海伦时不时感受到的那种忧虑也并非是空穴来风。

处于这种不寻常的状态中，她对自己的情绪也无计可施，只得放任自流。她不断经历着对特伦斯的牵肠挂肚、隔天与他会面时的心满意足，以及收到信件时的惊喜不已。任何处于暧昧期的女性都会从这种情感变化的过程中得出结论，或者至少察觉出自己的心思；然而，从未有人爱过蕾切尔，她也从来没有爱过任何人。此外，她读过的那些书，从《呼啸山庄》到萧伯纳的《人与超人》[①]，还有易卜生的戏剧，里面女主角的感受都未曾令她感到与现在的自己有一丝一毫的相似之处。对她来说，她现在的感受是不可名状的。

她与特伦斯经常见面。而当他们没有会面机会时，他就会请人把夹着纸条的书或者关于某本书的纸条送给她。毕竟他无法忽视他们之间那种日渐亲密的关系。但有时他

① 《人与超人》（*Man and Superman*）：为萧伯纳根据欧洲流传已久的唐璜传说创作的哲理喜剧，描写了青年男女泰纳尔与安的爱情故事。

也会一连几天既不与她见面，也不给她写纸条。当他们再次相见的时候，体会到的不是由衷的喜悦之情就是煎熬的绝望之情。他们的每次分别都很仓促，双方都感到意犹未尽，尽管他们并不知道彼此都有同样的感受。

如果说蕾切尔对自己的心意置若罔闻的话，那么她对他的想法就更是视而不见了。起初，他的一举一动都如上帝一般；随着对他了解的深入，他闪烁着耀眼的光芒，但这种非凡中也混杂着一股神奇的力量，令她更加大胆与自信。她感受到了自己身上的某种觉醒，那是她之前从未意识到的，来源于未知世界深处的情感与力量。每当想到他们之间的关系时，她并不会进行严谨地分析，而是在眼前浮现出一个场景，代表了她心目中的特伦斯的感受：他穿过整间屋子来到她的身旁。他的这种行为令她产生了某种生理反应，而这意味着什么，她却不清楚。

时光就这样流淌着，平静而明亮。又有来自英国的信件寄来了。又有来自威洛比的信件寄来了。生活不断被这一件件的小事填满，时光飞逝。从表面上来看，品达的三首颂诗被改编了，海伦完成了五英寸的刺绣作品，还有，圣约翰写好了一出戏剧的前两幕。他现在已经和蕾切尔成为非常要好的朋友，会把自己的作品大声地读给她听。而蕾切尔已经对他产生了由衷的钦佩之情，不仅因为他是特伦斯的好朋友，更是因为他那高超的韵律技巧与对形容词的多样运用。在她的盛赞下，圣约翰不禁开始考虑自己是否更应该投身于文学之中，而不是法律。这是一段充满了深刻的思想与意外的启示的时期，不仅仅局限于这一对情侣与几位单身人士。

又到了一个周日，除了蕾切尔和西班牙女佣以外，别墅里没有人对这个日子特别留意。蕾切尔依旧前往教堂，因为就像是海伦说的那样，她从来没有费心质疑过这个行为。自从他们在宾馆举办过教会活动后，每当她穿过花园和通过宾馆大厅的时候内心都充满了期盼，尽管她并不确定能否见到特伦斯或者有机会与他说上话。

随着英国游客不断涌入宾馆，这里周日与周三的区别已经与英国别无二致。这里的周日变得与英国完全一致，充满了沉默的糟糕回忆或对繁忙工作日的忏悔情绪。英国人虽然不能令阳光变得暗淡，但能够以某种奇迹般的方式令时间变得缓慢，事情变得乏味，就餐时间变得漫长，甚至令女佣与男佣的表情变得礼貌中带着厌倦。每个人都穿上了最体面的衣服，这种行为也加剧了他们带来的这种变化；每位女士就座时仿佛都会把干净笔挺的衬裙弄出皱褶，而每位男士呼吸时仿佛都会伴随着僵硬的衬衫前领突然发出的撕裂声。在这个特殊的周日，时钟的指针快要指向十一点之际，人们手中握着红色封皮的小书聚拢在大厅。就在十一点的钟声即将敲响的时候，一个有着矮胖黑色身影的人带着心事重重的神情穿过了大厅。虽然意识到了人们的致敬，但他仿佛不愿意回应似的，匆匆消失在了走廊的尽头。

“那是巴克斯先生。”索恩伯里太太轻声说道。

随后一部分聚集的人群开始向那黑色身影消失的方向挪动。而那些没有加入的人用怪异的目光盯着他们缓慢而小心翼翼地向楼梯走去。只有弗拉辛太太例外。她跑下楼梯，大步穿过大厅，气喘吁吁地加入了这列行进的队伍，对索恩伯里太太激动地耳语：“去哪儿，去哪儿？”

“我们都是往那边去的。”索恩伯里太太轻轻地回答。

很快他们开始两两并排地走下楼梯。蕾切尔在最先下楼的人群中。她并没有看到在人群后面的特伦斯和赫斯特。他们手里没有拿着黑色的书籍，圣约翰只在腋下夹了一本淡蓝色封面的薄书。

这是一个老旧的小修道士教堂，相当凉爽。据说几百年来这里一直用于弥撒，人们在冰冷的月光下忏悔，对着古老的褐色画像以及那些高举赐福双手的圣徒立像做礼拜。在从天主教向新教的过渡时期，这座教堂曾有一段时间被闲置，不再进行宗教活动，而是用于储存油、酒和折叠式躺椅；随着宾馆的兴旺发达，一些宗教团体接管了这座教堂。现在，里面装满了光滑的黄色座椅和深红色的脚凳，以及一座小讲道坛和一只背部驮着《圣经》的黄铜雄鹰。此外，虔诚的女信徒们还送来了难看的方形地毯和用金线绣着文字的长条纹刺绣。

会众踏入小教堂的一瞬间，就被风琴温和悦耳的和弦包围了。威利特小姐躲在粗呢帘子后，正在用游移的手指弹奏出有力的和弦。那声音就如同被落石激起的一层层涟漪，在小教堂中荡漾开来。大约有二十名或者二十五名会众。

他们先是低头致敬，然后端坐在座位上，环顾四周。一切都十分安静，照耀在这里的日光似乎也比楼上的更加苍白。他们省略了以往的互相致敬与微笑，但已经认出了彼此。主祷文在他们的上方响了起来。随着孩童吵闹声般的声音逐渐升高，那些会众，虽然他们中的大多数都是在楼梯上才初次见面的，但依然感到他们在感情上凝结到了一起，彼此充满了好感。祈祷文仿佛是一只点燃的火炬，升起了一缕轻烟，在这空间中勾起了那些在国内所参加过的无数的周日清晨礼拜活动的回忆。尤其是苏珊·沃灵顿，当她用双手捂住脸颊，从指缝间看到一个又一个弯曲的后背的时候，心中涌起了一种情同姐妹的亲切感。她的情感平稳均匀地翻涌着，感到了一种对她自己与生活的满足。一切都是那么安静而美好。然而，就在营造了如此祥和的气氛后，巴克斯先生突然翻了页，开始朗读一首圣诗。虽然他的声音没有变化，但这氛围已经被破坏了。

“神啊，请怜悯我，”他读道，“ 因为有人要将我毁灭：他每天与我争斗，令我困扰……他们总是误解我的话：他们的心中都是如何待我以邪恶。他们聚集到一起，保持团结……打掉他们的牙齿吧，上帝，就在他们的嘴里；重击狮子的颚骨吧，上帝：让他们如奔腾的水流般离去吧；当他们引弓射箭的时候就将他们根除吧。”[①]

苏珊此前从未有过与之相呼应的经历，对辞藻也没有什么兴趣，因此她早就不再关注这些词句，只是带着以往听李尔[②]演讲时的那种出于习惯的尊重，任凭这些话语在耳边流淌而过。她的内心依然十分平静，流淌着维持这世界有序而良好地运转的情感：对自己天性的赞赏和对上帝的崇拜之情。

然而从其他大部分人的脸上，尤其是男人的脸上，可以看出对这个老古董的突然干扰感到不满。他们看起来心不在焉、怀揣不满，好像正在沙漠中的篝火旁，看着一个腰间缠着衣服的黝黑老人做着激烈的手势愤恨地胡言乱语。这之后，出现了一阵翻页声，仿佛他们正身处课堂。随后，他们读了一段《旧约全书》中关于打井的内容，就像学校

① 摘自《赞美诗》第16章第1、5、6节和《赞美诗》第18章第6节。
② 李尔：即李尔王，为莎士比亚戏剧中的人物。

中的男学生在合上法语语法书后翻译一段《远征记》似的。他们接着又翻开了《新约全书》，探寻基督悲哀而美丽的形象。听着基督的事迹，他们再一次努力地把基督的思想融入自己的实际生活。但是他们的生活千差万别，有的脚踏实地，有的雄心壮志，有的愚不可及，有的跃跃欲试，有的海誓山盟，还有一些除了安逸舒适外早就已经体会不到其他的任何感受了。他们听着一模一样的基督的话语，却各自做出了迥然不同的事情。

从他们的脸上可以看出，大部分人都未思考，只是靠在那里，与往常一样全盘接受了这些充满美好意愿的话语，就如同将鲜艳难看的图案当作美丽的装饰织入垫子中的勤劳裁缝。

出于某种原因，尽管已经对这些内容了如指掌，但蕾切尔有生以来第一次没有马上陷入奇妙而愉悦的情感中，而是在批判地聆听这些话语。他们毫无规律地从祈祷文转到了圣诗，从圣诗转到了历史，从历史转到了诗歌，而且巴克斯先生一直在讲述他自己的主题，这些令她感到极其不舒服。就如同她被迫坐在那里聆听一段她不喜欢而且又被演奏得不尽如人意的乐曲一样。指挥总是处理错重音，这样的笨拙和迟钝让她恼火；而一大批毫无主见、只会乖乖说好话的观众，也让她感到厌烦。总之，她现在十分恼火与厌烦，再加上所有人都半眯着眼，紧咬着唇，这种强加的肃穆更让她怒火中烧。她周围的人都在假装自己感受到了某种力量，而在她的头顶上方飘浮着他们无法领悟的某种思想；他们伸手去抓，但那美丽的思想却如同蝴蝶，在人们靠近时就已经扇动着翅膀飞走了。对她来说，世界上的这一个又一个的教堂全部都是高大、坚固与冰冷的，其中不断上演着笨拙的努力与误解。这些伟大的建筑物中挤满了不计其数的善男信女。由于无法参透世事，他们只得放弃努力，半眯着眼睛，紧咬着嘴唇，再度回到了低眉顺眼的状态。这种想法就如同飘浮在书页与双眼间的薄雾，令她产生了某种身体上的不适。随着礼拜的进行，她竭尽全力试图拨开这层薄雾去探寻一些值得尊崇的东西，但由于巴克斯先生那曲解观念的演讲声，以及像潮湿的落叶般环绕在她周围的喋喋不休而又毫无意义的说话声，最终她还是失败了。这过程使她疲惫而沮丧。她停止了聆听，把注意力转移到了她身边一位女士的脸上。那是一位护士，从她那虔诚的表情来看，她仿佛得到了极大的满足。但是仔细地观察一会儿后，蕾切尔发觉这位护士只是在盲目地认同，而她脸上的那种满足表情也并非源于上帝的杰出思想。像她这样拥有一张平庸脸庞的女性究竟如何能够感知到那些超出她经验范围的东西呢？那是一张小小的泛红圆脸，上面布满了琐碎的工作与不快所留下的印记，从那双暗淡的蓝眼睛中看不出任何强烈的感情与个性。她整个人显得模糊不清，迟钝麻木与冷酷无情。从那倔强的双唇可以看出，她正在全心全意地崇拜并孜孜不倦地追寻着一些浅薄的东西，没有什么能够将她发自内心所信仰的道德，以及宗教的美德从她身上分裂开来。她就像是一个帽贝，心中敏感的那一面牢牢地依附在礁石上，对所有美丽的、新鲜的清流永远不为所动。这位信徒的脸庞给蕾切尔带来了极大的厌恶感，这种感觉已经深深地印刻在了她的心中。她突然明白了海伦和圣约翰说过的那些憎恨基督教的话究竟意味着什么。此时此刻，带着激烈的情绪，她抛弃了那些曾经深信的一切。

这时，巴克斯先生正在进行第二阶段。她抬起头望着这个通晓世故、举止得体的男人。他拥有一双柔软的双唇，虽然看起来并不聪明，但为人亲切友好、朴实真诚。蕾切尔没有心情去赞扬他的这种品格，只是在一旁冷眼地观察着他，仿佛他是宗教活动中所有邪恶的化身。

就在教堂的后面，弗拉辛太太、赫斯特和休伊特正并排坐着，但各自想着不同的事。休伊特正在一边向前伸展着双腿，一边盯着屋顶。他从未尝试过把教堂活动与自己的感情或想法相融合，但这不妨碍他欣赏这语言的精妙。他的思路起初被一些细枝末节的小事占据，比如前座女人的秀发，人们脸上的光泽，接着他被华丽的辞藻吸引，不再注意其他信徒了。但当他猛然间看到了蕾切尔后，所有占据他脑海的东西都被清空了。他现在只想着她，所有的圣歌、祷告、连祷和布道都变成了音调时高时低的吟唱。他开始不时看看蕾切尔，不时望望天花板，不过他脸上的表情源于他心中的思绪而非眼前的场景。就像蕾切尔一样，他的想法给他带来了令他痛苦的困扰。

礼拜刚开始，弗拉辛太太就发现自己带的是一本圣经，而不是祷告书。当她正要坐在赫斯特旁边的时候，她偷偷看了他一眼，发现他正专注地在看一本浅蓝色的书。她看不清封面的字，于是斜着身子想要靠近些。赫斯特礼貌地把书举到了她面前，用手指着一首希腊诗的第一行字，然后又指了指对应的译文。

“这是什么？”她好奇地小声问道。

“萨福[1]的诗，”他回答说，“这是斯温伯恩编译的，是有史以来写得最好的诗。”

弗拉辛太太不能错过这种良机。她在祷告期间匆匆读完了《阿佛罗狄忒颂》，忍住了没有问萨福是什么时期的人，以及她还写过哪些值得一读的作品等低级的问题，并且及时跟上了最后一句祷告词：“宽恕罪恶，肉体复活，生命永存。阿门。”

与此同时，赫斯特拿出了一个信封，在背面快速地写下了一些东西。当巴克斯先生走上讲台的时候，他把信封

① 萨福（Sappho）：古希腊著名的女抒情诗人，一生写过不少情诗、婚歌、颂神诗、铭辞等。

夹在了书页之间，合上了书，用手扶了扶眼镜，认真地注视着这个牧师。站上讲台的他看上去有一点臃肿和肥胖，透过一尘不染的绿色窗子照进来的光线，让他的脸庞看上去非常白皙光滑，白得就像一个大大的鸡蛋。

他环顾了一下周围，那些面庞都向他投来了温和的目光，其中一些看上去老得足以当他的祖父祖母。他庄严地开始布道。布道讨论的内容是，尽管到访者出于度假目的来到这片美丽的土地，但依然对当地人负有责任。事实上，这与周报焦点版面上的一篇头条文章别无二致。他将一个又一个要点娓娓道来，主要传达的信息是：不同肤色的人种其实都是一样的。他通过描述西班牙小孩与英国小孩在街头玩的游戏有多么相似证明了这一观点，并且评论道，微小的事情会对人们，尤其是对当地人产生影响。实际上，巴克斯先生的一位挚友告诉过他：英国对印度的统治如此成功，很大一部分原因是英国人对待印度当地人十分尊重和礼貌，这说明小事会触发人们的同理心，并不是无关紧要的。在这个见证飞机和无线电报诞生的年代，同理心正是我们最需要的美德。此外还存在着很多我们的父辈们没有遇到过的问题，不过充满责任感的人类是不会对此置之不理的。说到这里，巴克斯先生搬出了神职人员的那一套，脸上带着既天真又狡猾的神情，指出虔诚的基督徒肩负了特殊的使命。这时人们都会在心里发出感叹，“噢，那个家伙，他是个牧师。”开口说出的却是，“他是个好人”，或者，“他是我的弟兄”。他劝说众人与紧跟潮流的人们保持联系；他们必须对琳琅满目的最新发现有所了解，才能清楚地认识到：不管获得什么最新发现，有一个发现是无法被替代的，这个发现无论是对最成功和最杰出的年轻人，还是对他们的父辈来说都是非常重要的。那就是：最卑微藐小的东西也有用武之地；最无关紧要的事情也会产生影响。（说到这里，巴克斯先生的姿态完全变为了牧师。他的话似乎是针对女性说的。诚然，巴克斯先生的信徒大多数都是女士，他也经常在礼拜活动中向她们布置任务。）他接下来进行了更加明确地说明，最后讲到了结尾部分。他做了一次深呼吸，站得非常笔直，“正如科学家所说，当一滴水珠独自从云端降落，汇入汪洋大海的时候，所影响的不仅仅是坠入的局部海洋，而是无数水滴汇成的水系，并且由此影响了全球的生态和数以万计的海洋生物，最终改变了在海边谋生的男男女女的生活——这一切仅仅是一滴水珠产生的影响。在一场降雨中，就会有数百万水滴落入地球，产生不可预测的影响。即便如此，我们也知道地球上的果实离不开它们的灌溉——我们每个人也都与之有着奇妙的相似之处，我们也是通过一点一滴的小事来影响这个庞大的宇宙的。这想法十分重要，影响它，无论是出于善意还是出于恶意，不为一时之快，也不为急于求成，通过全部人类的行动产生长远的影响。”他四周扫视了一圈，似乎是在制止掌声，接着用同样的口吻，不同的音调说道，“现在面对圣父……”

他开始进行祈福环节。随后，庄严的和弦再次从帘子后面的风琴响起，人们窸窸窣窣地慢慢向门口走去。楼梯上到一半，当上层世界的光泽和天籁与下层的阴暗和魍魉之音相互碰撞的时候，蕾切尔感觉有一只手搭在了她的肩膀上。

“温雷丝女士，”弗拉辛太太用不容分说的口气向她私语，“留下吃午餐吧。今天可真是阴郁的一天，他们的午餐连一块牛排都不提供。请留下吧。”

说着他们来到了大厅。大厅里没进入教堂的人再次向这个小群体投来了好奇而又恭敬的目光。他们的着装已经很清楚地表明，他们很赞同在周日前往教堂的行为。蕾切尔感觉自己无法再忍受这样的氛围了，想要开口表明自己要回去。但这时特伦斯一边被伊芙琳·M拖着聊天，一边从他们的身旁经过。蕾切尔因此满足地说道，这里的人看起来都十分可敬，这和弗拉辛太太挽留她时作出的评价截然相反。

“这些在海外的英国人啊！”弗拉辛太太的回敬充满了明显的恶意，“他们可真糟糕！我们不在这儿逗留了，”她说着拉住蕾切尔的手臂，“来我房间里吧。”

蕾切尔跟随着她，从休伊特、伊芙琳、索恩伯里和艾略特夫妇身边走过。这时休伊特向前迈了一步。

“午餐——”他刚开口。

“温雷丝小姐已经答应和我一起共进午餐了。”弗拉辛太太说道，紧接着拉住蕾切尔大步地迈上楼梯，就好像这些英国中产阶级人士在追着她似的。她径直回到了自己的卧室，重重地摔上了门。

“那么，你怎么看？”她轻喘着气问道。

蕾切尔终于无法控制积累已久的厌恶和恐惧之情，将它们一并爆发了出来。

“我觉得这是自己看过的最令人厌恶的场面了！”她大吼道，“他们怎么能——他们怎么敢——究竟是什么意思——巴克斯先生、医院护士、老人家、妓女，让人恶心——”

她把能够想起的东西一股脑都宣泄了出来，但也因为心中充满了太多的愤慨而无法清晰地表达出自己的感受。弗拉辛太太饶有兴致地看着她站在屋子中央激动地指手画脚。

“继续，继续，接着说，”她拍着手笑道，“能听到你的真心话真高兴！”

“但你为什么还要去呢？”蕾切尔问道。

“从我记事以来，每个周日都是这样过来的。”弗拉辛太太轻笑着，好像无需再过多解释一般。

蕾切尔猛然转身来到了窗边。她不清楚是什么让她如此激动。在大厅里见到特伦斯时的头脑发懵，此刻变成了愤慨。她两眼直直地看着自己在半山腰的别墅。透过玻璃望去，这再熟悉不过的景色也有了一种异样感。她看了一阵子，心情渐渐地平静了下来。接着她想起此刻自己是和一个不太熟悉的人在一起，于是转身看了看弗拉辛太太。弗拉辛太太依然坐在床边，抬着头，透过张开的双唇露出了两排健康洁白的牙齿。

“告诉我，”她说，“你更喜欢谁，休伊特先生还是赫斯特先生？”

“休伊特先生。”蕾切尔回答道，但她的声音听上去不太自然。

“在教堂里读希腊诗的是谁？”弗拉辛太太问道。

他们两个都有可能。弗拉辛太太开始描述他们两人，并说他们两个都让她感到害怕，不过其中一个比另一个程度更甚。蕾切尔一边听着她说话，一边想找把椅子坐下来。毫无疑问，这是整个宾馆最大最奢华的一间屋子。屋子里有很多扶手椅和盖着棕色亚麻布的靠背沙发，不过每张椅子上都放着一大张正方形的黄色硬板纸，上面散布着鲜艳的油彩绘制和泼洒而出的圆点或线条。

“这些不是你应该看到的。”当弗拉辛太太注意到蕾切尔的目光后说道。她一跃而起，把纸板一个个面朝地板扣下。但蕾切尔还是拿起了其中的一幅。带着艺术家的自负，弗拉辛太太急切地询问道，“你觉得怎么样，怎么样？”

“这是一座小山丘。”蕾切尔回答道。毫无疑问，弗拉辛太太想要展示的是山峰直冲云霄的壮阔和挺拔，几乎可以看到画中的土砾随风翻转。

蕾切尔一张一张地浏览，发现这些作品都体现了创作者古怪和果敢的性格。山峰和树木的笔触是完全的野路子，作品背后的寓意也不甚成熟。而这一切也在某种程度上展示了弗拉辛太太的性格特点。

“我看到物体在运动，”弗拉辛太太解释道，“就像这样，”她在空中挥动了一下手，大概有一码的距离。接着她拾起了蕾切尔放在旁边的一块纸板，在一张小凳子上坐下，开始挥舞起一截炭笔。当弗拉辛太太沉醉于其中，似乎在用笔墨代替语言与她对话，蕾切尔显得有一点无所适从，眼神开始四处飘忽。

“打开衣柜吧，”在一阵沉默后，弗拉辛太太嘴里叼着一支画笔含糊不清地说道，“看看里面的东西。”

正当蕾切尔犹豫的时候，弗拉辛太太走了过来，嘴里依然叼着那支画笔。她猛地拉开柜门，然后把一大堆披巾、软垫、外套和刺绣品扔到了床上。蕾切尔用手指摸了摸这些东西。这时弗拉辛太太又走了过来，这一次把一堆珠子、胸针、耳环、手镯、流苏还有梳子扔入其中。之后她又回到了小凳子上，重新开始默默地作画。这一大堆东西的色泽有明有暗，在床罩上形成了奇妙的线条和一簇簇颜色，其中还有泛红的石块、孔雀的羽毛以及浅色的龟甲梳子。

“几百年前女人们就开始穿戴这些，到现在她们依然本性不改，”弗拉辛太太评论道，“我丈夫四处奔波，发现了这些东西。卖家不明白这些东西的价值，所以我们用很便宜的价格买了下来。之后我们要去伦敦把它们卖给时髦的女士们。”她咯咯地笑道，仿佛被这些女士的想法和可笑的外表逗乐了似的。画了几分钟后，她突然放下了画笔，紧紧地盯着蕾切尔。

“我告诉你我想要做些什么，”她说，“我想要往上走走，亲眼看看上面的景象。而不是和一群老女佣待在一起，以为自己在英国的海滨。我想要顺着河流一路向上，去看看土著人和他们的营地。这只不过需要在帆布帐篷里住上十天而已。我的丈夫就这样做过。我们可以晚上在树下惬意地平躺，然后白天雇人沿着河道牵引着我们前进。如果见到任何喜欢的东西，我们就让他们停下来。”她站了起来，一边开始用一根金色的别针刺着床，一边观察着蕾切尔听到她的建议后的反应。

“我们必须组织几个人参加，”她接着说道，“十个人就能够租一艘汽艇了。目前看来，你会参加，还有安布罗斯太太会来，赫斯特先生和其他几位绅士呢？我的笔呢？”

她畅谈着自己的计划，整个人越来越自信和兴奋。她坐在床边，列出了一串名字，其中不少都拼错了。蕾切尔也情绪高涨，因为这个想法确实让她感到无比欣喜。她一直都十分希望能够看看那条河流。况且，特伦斯也即将同行，这又令这份向往多了一丝光泽，甚至有点美梦成真的感觉。她竭尽全力提示弗拉辛太太这些人名，同时帮助她拼对它们，还用手指计算着日子。接下来的工作花费了一点时间：弗拉辛太太想要了解这些候选者的出身和兴趣爱好，并且时不时地讲述了一些与艺术家脾性和癖好相关的故事，另外还提到了一些曾经来过奇灵戈雷的同名者，虽然肯定不是同一个人，但他们都是对埃及古生物学深感兴趣的聪明人。

用手指计算日期的效果并不令人满意，最终弗拉辛太太寻找起了日记本。她把写字台的每一个抽屉都拉开又关上，随即带着怒气大喊，“雅茅丝！雅茅丝！这该死的女人！每次需要她的时候都不在！”

就在这时，午餐的开饭铃响了起来。弗拉辛太太也拼命摇着自己的铃。一个与女主人一样体面端庄的女佣打开了门。

“噢，雅茅丝，”弗拉辛太太说，“去把我的日记本找来，看看十天后有什么安排，接着问问行李员，一艘能容纳八个人，在河上开一周的船，得需要多少人手和花费。问清楚后写在纸上，放在我的梳妆台上。现在——”她用食指指了指门，蕾切尔只得走在前面带路。

“噢，还有，雅茅丝，”弗拉辛太太回头把她叫了过来，“把这堆东西收好，挂在原来的地方，我的好孩子。要不然弗拉辛先生会生气的。”

雅茅丝对这一切只有一个回应，“是，太太。”

当他们进入长长的餐厅时，虽然没有刚才那么浓郁，但可以很明显地感觉到周日的气氛。弗拉辛家的餐桌在窗户旁边，这样弗拉辛太太就可以审视每一个进来的人了。她的好奇心似乎十分强烈。

“那是佩利老太太。”当亚瑟推着一张轮椅进来后，她小声地说。接着是索恩伯里夫妇。“那女人真不错，”她用肘部碰了碰蕾切尔，提示她看看艾伦小姐，“她叫什么名字？”这个浓妆艳抹的女士总是迟到，脸上挂着早已准备好的微笑，迈着轻快的步伐走了进来，好像身处舞台一般。她也许会在弗拉辛太太审视的目光中感到一丝胆怯，这股目光充满了弗拉辛太太对所有化浓妆的女士的深深敌意。接着进来的是两个年轻男士，弗拉辛太太将他们统称为赫斯特。他们坐在了过道对面的位置上。

弗拉辛先生对他的太太既赞赏又纵容。他总是用温柔而又流畅的话语应对她的粗鲁与无理。当她评头论足与喋喋不休的时候，弗拉辛先生给蕾切尔讲起了南美艺术的历史。他很懂得如何回应太太的感叹，随即又不动声色地回到自己的主题上。他也懂得拿捏好枯燥与亲密的程度，保证午餐惬意地进行下去。他有着独到的观点，他告诉蕾切尔，伟大的瑰宝还隐藏在大地的深处；而蕾切尔看到的事物不过是短暂的人生旅途中的一小段插曲而已。他认为在山坡上可能会雕刻着巨大的神像；他还相信在无人知晓，只有土著涉足的广袤草原的中央矗立着庞大的人物雕塑。他坚信在欧洲艺术的黎明到来之前，早期的猎人和牧师就已经用巨大的石板建造出了神殿，还利用深色的岩石和巨大的雪松构建出了众神和野兽的形象，以及伟大自然力量的标志：水、空气和他们居住的森林。他也相信就像在希腊和亚洲一样，可能还存在着更多的史前城镇伫立在树海中的开阔之地，里面充满了祖先民族的杰作。没有人去过那里，几乎一切都无人知晓。就这样，弗拉辛先生在高谈阔论间勾勒出了自己的这些理论，而蕾切尔的注意力被他深深地吸引了。

她没有注意到休伊特在过道的另一侧，透过匆忙经过的服务生一直在注视着她。他有点心不在焉，而且赫斯特也发现他变得非常暴躁，难以接触。他们已经聊遍了日常的那些话题——政治、文学、小道消息还有基督教义。他们还为这次的礼拜争吵了起来。在休伊特看来，这次的祷告词和萨福的诗一样出色，而赫斯特仅仅是在卖弄自己非教徒的身份。那为什么要来教堂呢，他责问道，只是为了读读萨福吗？赫斯特解释说自己仔细聆听了布道的每一个词语，如果休伊特想要证据，他可以完整地复述一遍；他去教堂是为了了解造物主的本性，而在今天早上他已经有了深刻的体会。受到巴克斯先生的启发，自己写下了英国文学中最伟大的三个篇章，这也是对神明的一种祈祷。

“我把它们写在了姑妈最近来信的背面。”他说道，随即从萨福的书页中抽出了那封信。

“那好，让我听听上面都写了些什么吧。”休伊特说。对文学讨论的期待使他稍微平静了下来。

“我亲爱的休伊特，你难道想激怒索恩伯里和艾略特两家人，让他们把我们两人都赶出宾馆吗？”赫斯特问道，“哪怕最小声的耳语也可能会让我后悔一辈子。天啊！”他激动地说道，“当世界被这些可恶的愚昧之流充斥，写作还有什么意义？说真的，休伊特，我建议你放弃文学吧。能有什么好处呢？看看你的这些读者们。”

他向周围的餐桌扬了扬头。这里坐满了来自欧洲不同区域的游客，他们正忙着享用食物，有些正狼吞虎咽地咀嚼着异乡飞禽。休伊特注视着这幅场景，脾气变得比往常更加暴躁。赫斯特也在注视着，最后把目光落在了蕾切尔的身上，向她点了点头。

“我倒认为蕾切尔爱上了我，”他说着，目光又回到了面前的餐盘上，“和年轻女士产生友谊最糟的就是——她们会坠入爱河。”

休伊特对他的话没有作出任何回应，不同寻常地正襟危坐着。赫斯特似乎并不在意他没有回应自己，因为他又说回到巴克斯先生身上了，还引用了那个关于水滴的结束语。休伊特对此依然没有什么回应，他只是噘起了嘴唇，挑选了一个无花果，然后又心满意足地回到了自己思绪万千的状态之中。午餐结束的时候，大家各自端着咖啡分散到了大厅的各个角落。

休伊特坐在棕榈树下的椅子上，看到蕾切尔和弗拉辛夫妇一起从餐厅走了出来；他们在四处寻找椅子，最后选择了角落的三把椅子，因为在那里可以进行私密的谈话。弗拉辛先生正在兴致勃勃地发表着高谈阔论。他一边说着，一边拿出了一张纸，在上面开始作画。他看到蕾切尔凑到弗拉辛先生的身旁对着画作指指点点。弗拉辛先生在这炎热的天气下都穿着得体、文质彬彬，但休伊特还是很不友善地把他比作了一个擅于推销的小商人。而与此同时，正当他坐着观察他们的时候，却被索恩伯里夫妇和艾伦小姐缠上了。他们在徘徊了一两分钟后，手里端着杯子坐在了休伊特的身边，想要休伊特跟他们说说巴克斯先生。索恩伯里先生像往常一样，坐下后一言不发，双眼空洞地看着前方。他偶尔举起自己的眼镜，好像要戴上一样，但总是临时改变主意，最后又放了下来。经过一番讨论，两位女士认定巴克斯先生不是威廉·巴克斯先生的儿子。三人陷入了一阵沉默之中。随后索恩伯里太太说，她在唱国歌时，依然把“国王”唱成了“女王”[①]。接着又是一阵沉默。这时艾伦小姐深沉地说，在国外参加教堂活动总是让她感觉像是在参加水手的葬礼似的。

之后是一阵长时间的沉默，似乎预示着谈话的结束。

---

① 英国维多利亚女王的王位由爱德华七世继承。

幸而，这时有一只喜鹊大小、羽毛泛着蓝色金属光泽的小鸟出现在了阳台上，刚好从他们就座的地方可以看见。索恩伯里太太随即问道，如果所有的白嘴鸦都变成了蓝色，人们还会不会喜欢它们——“你怎么看，威廉？”她碰了碰丈夫的膝盖，如此问道。

“如果所有的白嘴鸦都变成了蓝色，”威廉说着举起眼镜，架在了鼻梁上，“那它们在威尔特郡根本活不了多久。”他说着又把眼镜摘下来，放在了身旁。此后，这三位长者盯着小鸟陷入了沉思，而小鸟也很善解人意地在那里停留了好长一段时间，好让他们不用再次开口说话。休伊特正考虑着要不要去弗拉辛夫妇那里，这时赫斯特从他们的背后出现，自然而然地坐在了蕾切尔旁边的椅子上，紧接着两人开始熟稔地聊起天来。休伊特再也无法忍受了，倏地站起身，拿起帽子冲出了大门。

第十八章

看到的一切都令他心生厌恶。他讨厌这蓝色和白色，讨厌这浓烈的色彩与分明的轮廓，讨厌这南方的嘈杂与炎热；在他看来，眼前的风景就如同舞台上的纸板背景一样冷漠与怪诞，而那山峦也只不过是一张蓝色薄板前的木质屏风。尽管天气炎热，他还是走得飞快。

东侧有两条道路可以离开镇子。一条可以到达安布罗斯的别墅；另一条穿过乡间，通向平原上的一个村庄。另外还有许许多多条由于人们在潮湿土壤上踩踏而形成的小径。顺着这些小径，穿越过干涸的田野，可以到达零星散布的农舍和当地富人的别墅。为了躲避大路的坚硬与炎热，休伊特踏上了其中的一条小径。那些大路总是有运货马车驶过，伴随着一群群嗡嗡作响的飞虫，卷起一片片云朵般的灰尘，载着过节的农民，或是如同空气球一般被火鸡塞得满满当当的网子，或是新婚夫妇的黄铜床架和黑色木箱。

走路的确可以帮助他缓解上午的恼怒，但他依旧心觉不快。毫无疑问，蕾切尔对待他与对待其他人并无二致。她不怎么看他，并且用与他说话时相同的兴致在与弗拉辛先生交谈。最后，还有赫斯特那些讨厌的话，就像是鞭子一样抽打着他的心。他记起来当自己离开的时候，她正在同赫斯特讲话。她此刻一定还在和他谈话吧。也许如同赫斯特所想的那样，她爱上了他。他思考了一番能够支持这一假设的证据——她对赫斯特作品突然产生的兴趣，她引用他观点时恭敬或半开玩笑的方式；并且，她为他起的“伟人”的绰号也可能蕴含着一些深意。假如他们之间真存在着某种默契，那对他将意味着什么呢？

“都见鬼去吧！”他咒骂道，“我真的爱上她了吗？”而面对这个问题，他只有一个答案。如果他了解爱意味着什么的话，那么他确实已经爱上了她。自从与她初次见面以后，他就对她产生了关注与迷恋。这种感觉越来越浓烈，他的脑海中满是蕾切尔，再也无法思考其他的事物。然而正当他陷入对他们关系的思考之时，他问了自己一个问题：是否愿意娶她为妻？这是一个实际的问题，因为这种折磨与痛苦实在难以忍受，他必须要下定决心做出决断。这一刻，他突然意识到自己并不想与任何人结婚。一部分原因是他被蕾切尔激怒了，因此对于结婚这一想法也同样感到了恼怒。他的脑海中浮现出了一幅画面：两个人坐在壁炉旁，男士在阅读，女士在缝纫。紧接着又出现了另外一幅画面：男士站起身，道了一声晚安，匆匆离去，脸上带着那种即将寻欢作乐的神秘表情。这两幅画面都令他感到不快，但随后浮现的第三幅画面更令他感到不舒服：在那幅出现了丈夫、妻子和他们朋友的画面中，夫妇互相瞟了一眼，似乎在为彼此能够隐藏真相而让一些事情能够理所当然地随风逝去感到心满意足。此外还有一些其他的画面，如同薄板上的照片，在他带着愤怒快速行进的时候，毫无预兆地一一浮现在他的眼前。现在又浮现出了一幅疲倦的丈夫与妻子坐在孩子中间的画面，尽管他们看起来极富耐心、豁达开怀与聪明博学，但这依旧令他感到不悦。他又试着去想象一些其他的画面，想象那些现实生活中的朋友，他们都各自组成了不同的家庭；但无论如何，他总是看到他们被囚禁在生着火的温暖房间中的画面。然而当他开始想象那些未婚朋友们的生活时，他看到他们依然活跃在无限的世界中，与其他人站在同一片土地上，没有任何庇护和优势。他的那些最具个性与最为高尚的朋友都是单身；并且他惊讶地发现，那些他最欣赏与最了解的女性也全部都是未婚女士。与男性相比，婚姻似乎在女性身上产生了更恶劣的影响。摆脱了这些画面以后，他开始回想那些在宾馆中最近观察到的人。每当看到苏珊与亚瑟，索恩伯里先生与索恩伯里太太，或艾略特先生与艾略特太太的时候，他的脑海中经常思考着这些问题。在观察过程中他目睹了刚刚订婚的情侣脸上那种羞涩的幸福与惊喜的表情是如何逐渐被安逸与容忍的心态替代的，就仿佛他们已经结束了这段亲密的奇遇转而开始承担起自己应负的责任。苏珊就经常拿着一件毛衣追在亚瑟身后，只因为他有一天无意中提到他的一个兄弟死于肺炎。这场景让他感到好笑，但如果把亚瑟和苏珊这两个角色换成特伦斯和蕾切尔，就一点也不好笑了；而且，亚瑟可不会那么热情地把你拉到角落，与你大谈特谈有关飞行与飞机的机械学。他们的生活最后总归是会安定下来的。接着，他又想起了那些结婚多年的夫妇。索恩伯里太太的确拥有丈夫，这是众所周知的，因为她无时无刻不在谈话中提起他，但人们怎么也无法想象他们单独相处的时候能聊些什么。除了可能会在私下谈话的时候进行激烈的争吵外，人们也同样难以想象艾略特夫妇都聊些什么。他们有时也会在公开场合争论起来，且大部分争吵都是在畏惧舆论的妻子那伪善的包容中被痛苦地掩盖下来的。这是因为她比她的丈夫要蠢得多，所以不得不使出全身解数将他留住。想到这里，他得出了结论，毫无疑问，要是这些夫妇都分开的话，这个世界将会美好得多。即使对他无比钦佩与尊敬的安布罗斯夫妇来说也是一样——尽管他们之间还存在着爱情，但难道他们的婚姻就不是一种妥协吗？她屈服于他；她宠溺着他；她为他打点一切；对于其他人来说，她是个真实的人，然而对她的丈夫来说却并非如此；对那些与她的丈夫发生冲突的朋友来说，她也并非如此。这是源于她天性中奇异而可怜的缺点。这样看来，也许蕾切尔那个晚上在花园中说的是对的，“我们揭露了彼此最丑陋的一面——我们应该各自独立生活才对。”

不，蕾切尔的观点完全是错误的！原本他的每一个想法似乎都是在抗拒承担婚姻的重担，直到他想起了蕾切尔这荒唐至极的观点。他的角色现在已经从被追求者转变为了追求者。他把注意力由这些令他厌恶婚姻的例子转移到了对蕾切尔那奇特性格的思考上。因为她之所以能够说出那一番话来，全是性格使然。她真的是那么想的吗？无疑，一个人应当了解那位可能与他共度一生的伴侣的性格。那么，作为一名小说家，就让他来探索一下她究竟是个怎样的人吧！当他们在一起相处的时候，他无法分析她的特质，因为他似乎凭着本能对她的一切都了如指掌；然而当他们分开以后，他有时却觉得自己对她根本一无所知。她还很年轻，但是思想很老成；她对自己缺乏信心，却能精准无误地看透其他人。她总是很高兴，但究竟是什么令她如此高兴呢？如果他们真的走到一起，在那种最初的兴奋情绪已经消失殆尽，他们不得不开始面对日常琐事时，又会是什么样的呢？他又剖析了一下自己的性格，发现了两点：不太守时和不喜欢回复字条。据他所知，蕾切尔十分守时，但他记不清自己是否见过她手握钢笔的情景了。紧接着，他又幻想了一场晚餐聚会，就假设是在克鲁姆吧，威尔逊带她落座后就谈论起自由党的处境。她也会参与讨论——

当然，她对政治一无所知。不过，她确实十分聪明与坦率。她的情绪不太稳定——这点他已经注意到了，而且她不太善于持家，也不平易近人，还沉默寡言，并且除了在某些特定的灯光与衣着下，大部分时间都不够美丽动人。而她拥有的最大天赋是善于理解他人的话语，还没有谁能做到像与她聊天时那样舒服。你可以畅所欲言——你可以直言不讳，她从不讨好奉承。想到这里，他愣住了，因为他似乎对她的了解比对任何一个人都要少。这些想法已经在他的脑海中反复盘旋很多次了，他通常都会试着去反驳与推理，但随后又会回到之前疑团莫释的状态中。他不了解她，不清楚她的感受，不知道他们能否在一起生活，也不明确自己是否愿意娶她，但他明白自己已经爱上了她。

假设他走到她面前，对她说（他放慢了行进的脚步，开始高声讲话，仿佛真的在对蕾切尔说话似的）：

“我爱慕你，但我厌恶婚姻。我讨厌它的装模作样，它的波澜不惊，它的委曲求全。我的脑海中全部都是你，已经影响了我的工作，妨碍了我的生活。你对此有何回应呢？”

此时他停了下来，靠在一棵树干上，漫不经心地望着干涸的河床岸边散落的几块石头，但实际上他什么都没看到。在他的眼前清晰地浮现出了蕾切尔的脸庞，灰色的双眼，秀发，嘴巴；从这张脸上可以看出很多东西——平凡，茫然，几乎没什么特色，或许带着几分狂野与热情，接近美艳动人。然而这张脸庞在他的眼里总是一样的，因为当她望着他、说起话时总是处于超乎寻常的无拘无束状态中。她会如何回应呢？她会有什么感受呢？她究竟爱不爱他呢？还是她对他与其他男人一样毫无感觉，就像那天下午她所说的那样，像轻风与大海一般无拘无束？

“噢，你是自由的！”他带着想到她时的那种狂喜大声喊道，“我也会让你一直自由下去的。我们会一起自由自在。我们彼此会分享一切。我们的快乐是独一无二，无可比拟的。”他张开双臂仿佛将她与世界一起抱在了怀中。

他无法再考虑婚姻的问题，无法再冷静地分析她的性格，也无法再幻想他们生活在一起的场景了。此时，他的身体滑落到了地上，全神贯注地想着蕾切尔。很快，他又陷入了渴望与她相见的痛苦折磨中。

第十九章

然而，休伊特其实没有必要因为赫斯特和蕾切尔相谈甚欢而徒增痛苦。聚会很快就结束了，弗拉辛夫妇和赫斯特各自朝着不同的方向离去了，而蕾切尔还留在大厅里。她抽出了几张画纸，一张一张地翻阅着，这说明她的内心还充斥着不安和浮躁。她不知道应该是去还是留，尽管弗拉辛太太已经邀请她来参加茶会。大厅中空无一人，只有威利特小姐还在用风琴演奏一段圣乐；还有富有的卡特夫妇，他们不喜欢蕾切尔，因为她的鞋带没有系好，还有她看上去不够活泼，这些让他们间接地感觉到蕾切尔也不会喜欢他们的。如果蕾切尔之前见过卡特夫妇的话，她的确不会喜欢上他们。最明显的原因就是，卡特先生会给胡子上蜡，而卡特太太又戴着手镯，他们很显然是那种不会喜欢上她的那一类人。蕾切尔此刻太过不安，完全无法思考和观察。

她正一页页地翻着一本美国杂志的光滑页面时，大厅的门被推开了，一束光照进来洒在地板上。而被光束笼罩着的一个矮小的白色身影，径直穿过房间向她走来。

“什么？你在这里？”伊芙琳惊呼，“午餐时我就瞥见你了，但你从不屈尊看我一眼。”

伊芙琳的性格就是这样。不管受到了多少真正的或是想象中的冷落，她从来不放弃追逐她想要了解的人。久而久之，她还都能成功地了解这些人，甚至可以让他们喜欢上自己。

她四下看了看。“我讨厌这个地方。我讨厌这些人，”她说道，“我希望你能和我去我的房间。我的确想要和你说说话。”

当蕾切尔正犹豫是走是留之际，伊芙琳抓住她的手腕，拉着她出了大厅，往楼上走去。当她们两步并一步上楼的时候，伊芙琳一直抓着蕾切尔的手，断断续续地说她一点都不在乎别人说什么：“一个人如果知道自己是对的，为什么还要在乎这些？让他们都见鬼去吧！这就是我对他们的态度！”

她正处于一种异常亢奋的状态，手臂上的肌肉都在急剧抽动着。显然她一直在等着房门关上，才告诉蕾切尔所有的事。果不其然，一进屋她就坐在床上开始对蕾切尔说：“我猜你觉得我疯了，对吧？”

蕾切尔对别人的想法并没有心情去揣测。她更感兴趣的是，自己能不能不顾后果地说出内心真正想说的。

“有人向你求婚了。”她说。

“你为什么这么想？”伊芙琳大叫道，惊讶中还带着几分喜悦，“我看上去像是刚被人求婚的样子吗？”

“你看上去像是每天都会被求婚。”蕾切尔回答说。

“但我觉得向你求婚的人更多。”伊芙琳绽开了并不真诚的笑容。

“从来没有人向我求婚。”

“但这是迟早的，而且会有很多，这是世界上最容易的事情了。话说回来，今天下午真的没有求婚。对，这真是一团糟！糟得令人可怕，令人作呕！”

她来到盥洗台，开始用凉水浸湿的海绵擦拭正灼烧得滚烫的脸颊。她擦着脸，微微颤抖地转过身，用高亢而兴奋的声音解释道："阿尔弗雷德·佩罗特说我答应过要和他结婚，但我说自己从没答应过。辛克莱说如果我不嫁给他的话，他就开枪自杀，我告诉他，'好，你开枪吧。'他当然不会自杀——他们都只会说说而已。而今天下午辛克莱抓住了我的把柄，开始缠着我给他一个答复。还指责我和阿尔弗雷德·佩罗特调情，说我心肠坏，不过是一个塞壬女妖[①]而已，还说了很多有趣的话。所以最后我告诉他，'行了，辛克莱，你说够了吧。现在可以让我走了。'这时他一把抓住了我开始吻我——这令人恶心的禽兽——我现在还能感受到他那胡子拉碴的脸，就好像他说了那番话之后，就理所应当可以这样做似的！"

她狠狠地用海绵擦掉了脸颊上的一块污点。

"我从没遇见过一个能和女人相提并论的男人！"她大叫着说，"他们没有尊严，他们没有勇气，他们只不过

---

① 塞壬女妖（Siren）：希腊神话中人首鸟身（或鸟首人身、甚至跟人鱼相类）的女怪。根据荷马史诗《奥德赛》中描写，塞壬女妖们居住在西西里岛附近海域的一座遍地是白骨的岛屿上，她们用自己天籁般的歌喉使过往的水手倾听失神，导致航船触礁沉没。

有兽欲和蛮力而已！如果一个男人说他不想接受这个女人，她会有这样的举动吗？我们有太多的自尊了，我们比他们好了不知道多少倍。”

她在屋里走来走去，用毛巾轻轻擦着湿润的脸颊。眼泪这时候也开始和冰凉的水滴一起往下流淌。

“这让我愤怒不已。”她解释道，擦干了眼泪。

蕾切尔一直坐在那里看着她。她并没有在为伊芙琳设身处地地着想，她仅仅在想这个世界充满了受尽苦难的人。

“这里只有一个男人让我真心喜欢，”伊芙琳继续说，“特伦斯·休伊特。似乎每个人都可以信任他。”

这几句话让蕾切尔感到一阵难以言喻的寒意，她的心似乎在被一双冷酷的手死死地压住。

“为什么？”她问道，“你为什么相信他？”

“我不知道，”伊芙琳回答说，“你对人难道没有特别的感情吗？那种你笃定是正确的感情？那天晚上我和特伦斯长谈了一次。在那之后我感觉我们俩是真正的朋友。他身上有一种女性的特质——”她突然停下，好像在回想特伦斯曾告诉她的一些很私密的事情，至少蕾切尔从她的眼神中解读出了这一点。

她试着强迫自己去问，“他向你求婚了吗？”但这个问题太庞大了，而且伊芙琳话锋一转，开始说起最棒的男人就像女人一样，以及女人比男人更加高贵——比如说，没有一个人会认为像莉拉·哈里森那样的女人会有龌龊的想法或行为。

“我真希望你认识她！”她大声说道。

她比之前平静了很多，脸颊现在也干燥了，眼神重拾了以往的锐利和活力。她似乎已经忘记了阿尔弗雷德和辛克莱，以及刚刚的情绪。“莉拉在德特福德路开了一个酗酒女人之家，”她接着说道，“她一手创办并亲自管理，所有的事务都是亲力亲为，现在这家店在全英国同行里首屈一指。你无法想象那些女人是什么样子的——还有她们的家。但是她和所有人整天都待在一起。我经常和她在一起……这就是我们之间的关系……我们从不做正经的事。你整天做什么呢？”她带着嘲讽的笑容，看着蕾切尔问道。蕾切尔几乎没有听她说话，表情有一些茫然和不悦。她对莉拉·哈里森和她的杰作，还有伊芙琳和她的丰富情史都感到厌恶。

“我弹钢琴。”蕾切尔用无比冷漠的语气说道。

“这就对了！”伊芙琳笑着说，“我们这些人除了享乐什么都不做。这也就是为什么像莉拉·哈里森这样比你我更有价值的女人，必须努力投入这项事业的原因。但是我厌倦了玩乐。”她一边继续说着，一边把手举过头顶，平躺在了床上。她这么一伸展，看上去比平时还要娇小。

“我准备做点什么，这是个很棒的主意。你也必须加入。我确信你是很有实力的人，虽然你看上去——好吧，有点像温室里长大的花朵，”她坐了起来，开始绘声绘色地讲解起来，“我是伦敦一所俱乐部的会员，那里每周六都要举办活动，所以叫周六俱乐部。我们本该探讨艺术，但是我讨厌探讨艺术——这能有什么用呢？我身边这么多实实在在的事情不去做？何况他们也探讨不出来什么。所以我要告诉他们，我们已经谈论够艺术了，最好能换个话题聊聊生活。我们应该聊聊和人们生活息息相关的东西：逼良为娼，妇女选举权，保险账单等等。当我们决定好自己想做的事情后，就可以借此形成一个团体……我敢肯定，如果我们这些志同道合的人接手这些事情，而不是一味地交给警察或地方官的话，我们就能够制止——卖淫（这个不雅的词语让她压低了音调），在六个月之内。我认为男人女人都应该参与其中。我们应当去皮卡迪利广场，告诉这些可怜的人说：‘我并不比你高贵，也不会装作如此，但是你得明白自己做的事情很低贱，而我并不希望你做这样低贱的事情。因为在皮囊之下，我们都是一样的。如果你做这些低贱之事的话，和我也没有任何关系。’这是巴克斯先生今天早上说的。尽管他说的对，但你们这些聪明人——你也是聪明人，不是吗？——并不相信这些话。”

当伊芙琳讲话的时候——她确实也经常对此感到遗憾——她的思路太快，导致没有时间聆听其他人的想法。她除了在呼吸时不得不停顿一下，一直都没有停下。

“我想不出来，为什么周六俱乐部的人不能照这个方向做些真正伟大的事情，”她继续说着，“当然这需要有人来组织，需要有人为此付出生命，但是我已经准备好了。我的想法是，以人为本，让抽象的观念自生自灭。莉拉有问题的地方——如果这算的话——就是她把禁欲放在了女人的权益之前。现在我有一件事情可以保证，”她接着说道，“我不是学者或艺术家，或其他什么，但我是一个充满快乐的人。”她滑下了床，坐在地板上，抬头看着蕾切尔，在她的脸上搜寻着，似乎在解读隐藏在那副面孔下的特征。她把手搭在了蕾切尔的膝盖上。

“重要的是怎样做一个人，不是吗？”她接着说道，“不管赫斯特先生说什么，都要保持真实。你真实吗？”

蕾切尔和特伦斯一样，感觉伊芙琳与自己有些太过亲近了。这份亲近中带有一丝令人兴奋的成分，尽管它依然令人感到讨厌。蕾切尔也不必自己寻找答案了，因为伊芙琳又紧接着问道：“你是否信仰着什么东西呢？”

为了终结伊芙琳这双蓝眼睛的审视，也为了缓解自己坐立不安的状态，蕾切尔一把推开椅子，大声说道：“我信仰一切！”接着她开始触摸各种物品：桌子上的书，照片和窗边陶制大花盆里一株刚长出新鲜叶子的带刺植物。

“我相信床，相信照片，相信花盆，相信阳台，相信太阳，还有弗拉辛太太。”她继续无所顾忌地说着，在她的内心深处有一股力量促使着她把平常不会说的话全部表达出来，

“但是我不信上帝，我不信巴克斯先生，我不信医院的护士。我还不信——”她拿起一张照片凝视着，没有说完后面的话。

“那是我的母亲。”伊芙琳说道，她依旧双手抱膝坐在地上，好奇地看着蕾切尔。

蕾切尔注视了一会儿照片后，“好吧，我也不怎么信她。”她用低沉的音调说。

照片里的穆加特罗伊德太太看上去像失了魂一样，她跪在一张椅子上，脸颊紧紧地贴在博美犬身上，她的眼神可怜巴巴的，似乎在寻求庇护。

“那是我父亲。”伊芙琳说道，因为那个相框里有两张相片。第二张相片里是一个潇洒的士兵，身材高大，容貌不凡，还有浓密的胡须；他的手放在佩剑的剑柄上；他和伊芙琳有几分相似。

“就是因为他们，”伊芙琳说，“我才决定要帮助其他女人。我猜你听过我的事情，对吗？你看，他们没有结婚；我并不是什么特别的人。我也不以此为耻。不管怎么说，他们彼此相爱，而大多数人都很难说他们的父母是彼此相爱的。”

蕾切尔在床上坐下，手里拿着那两张相片，做起了对比——照片里的两个人，就像伊芙琳所说，深爱着彼此。蕾切尔对这产生了浓厚的兴趣，远远多于伊芙琳刚刚开始介绍的关于不幸妇女的活动。她又看了一眼相片中的两人。

“你觉得，”当伊芙琳不作声的时候，她问道，“相爱是什么样的感觉？”

“你恋爱过吗？”伊芙琳问道。“噢，没有——一看你就知道了，”她补充道。她沉思了片刻。“我曾有过一次恋爱。”她说。她又陷入了回忆当中，眼神失去了明亮活力，增添了一点温情脉脉，“恋爱的时候感觉真像是在天堂！但糟糕的是，我的这段感情没有维持下去。这让我困扰。”

她继续考虑关于阿尔弗雷德和辛克莱的难题，假装寻求蕾切尔的意见。但她渴望的并不是建议，而是与蕾切尔的亲密关系。她看向蕾切尔，发现她还在床上看着相片，立刻就明白了蕾切尔没有把她放在心上。那她到底在想些什么呢？伊芙琳被生命中迸发的小火花折磨着，她总是试图去接触别人，而又总是被断然拒绝。伊芙琳开始沉默起来，看着自己的客人，她的鞋子，她的长袜，她夹在头发里的梳子，总之就是她身上所有的细节，好像抓住这些细节自己就能够更加贴近蕾切尔的内心。

蕾切尔最后放下了相片，走向窗子，说道：“真是古怪。人们谈论爱情就像谈论宗教一样没完没了。”

“我希望你能坐下来说说话。”伊芙琳不耐烦地说。

蕾切尔没有坐下来，反而打开了两扇大玻璃窗，探头望向了下方的花园。

“那是我们第一晚迷路的地方，”她说，“一定就是在这些灌木丛里。”

“他们在这里杀鸡，”伊芙琳说，“一刀把鸡头砍掉——太恶心了！但是告诉我，什么——”

“我想在宾馆四处逛逛。”蕾切尔打断了她，把头缩回来看着依然坐在地上的伊芙琳。

“这里和其他的宾馆没什么不同。”伊芙琳说。

伊芙琳也许说得对，但在蕾切尔眼中，这里的每一个房间，每一个过道，每一把椅子都有自己的别致之处；她不想继续在这里待下去了，开始慢慢地向门口挪动。

“你想要的是什么？”伊芙琳问道。“你让我感觉到，你总是在想着一些不愿意说出来的心事……快说出来吧！”

蕾切尔没有回应。她的手停在了门把手上，似乎突然想起自己应当提出一些建议。

“我想你会嫁给他们其中一个的。”她说完，随即转动把手走了出去，然后关上了门。她一边沿着走廊慢慢地走着，一边用手轻划过身边的墙壁。她没有想好要去哪里，于是沿着走廊朝窗户和阳台走去。她向下望去，在厨房那里她看到了被迷宫一样的灌木丛分割开的、在宾馆里的另一面生活。地面是裸露的，老旧的罐头到处都是，灌木丛上晾着毛巾和围裙。时不时就会有一个身穿白围裙的服务生走出来，往垃圾堆上倒垃圾。两个穿着棉裙的大块头女人坐在一张长椅上，面前摆着沾满血渍的托盘，双膝上放着黄色的家禽。她们一边给它们拔毛，一边闲聊着。突然有一只鸡开始挣扎着扑打翅膀，在空地上半飞半跑地流窜。另外一个看上去年龄超过了八十岁的女人，一直在追着这只鸡。虽然她看上去已经干瘪，腿脚也很不灵活，但在其他人笑声的怂恿下紧追不舍；她的脸上充满了愤怒，一边跑，一边在用西班牙语叫骂着。他们的掌声和丢出来的餐布惊吓到了这只鸡，于是它到处乱窜，最终拍着翅膀一头撞入了老太太的怀里。她张开自己不大的裙子包住了它，捆成一束扔在地上，紧接着上前按住，带着一丝报复与胜利感，一刀砍下了鸡头。鲜血和抽搐让蕾切尔挪不开眼睛，以至于虽然感觉到有人从后面走过来，她也没有回头。直到老太太回去和其他人坐在了一起，因为受不了刚刚目睹的残忍一幕，她才猛地向后看去，原来站在她身边的是艾伦小姐。

“这场面可不好看，”艾伦小姐说道，“尽管我猜，这应该比我们的方式人道多了……我想你从没来过我的房间吧。”她加了这一句，随后转身走开，似乎在暗示蕾切尔跟上。蕾切尔照做了，因为她觉得每一个新鲜的谈话对象都可能会慢慢消除困扰着自己的谜团。

宾馆的房间都是一个样式，只是有些大有些小而已；它们的地板都铺着暗红色的瓷砖；都摆着高高的一张床，挂着蚊帐；还有一张写字台和一张梳妆台，几把扶手椅。不过一旦行李箱被打开，整个房间就会换一个样子，因此艾伦小姐的房间和伊芙琳的房间非常不一样。她的房间里，梳妆台上没有五颜六色的帽针；没有香水瓶；没有细长的剪刀；没有各式各样的鞋靴；椅子上没有躺着丝质衬裙。这个房间极其整洁。屋子里的东西好像都是成对出现的。不过写字台上铺满了手稿，一张桌子被拉出来放在了扶手椅旁，上面放着两摞图书馆借来的深色书籍，书里也塞满了大大小小的书签。艾伦小姐邀请蕾切尔进屋是出于好意，她以为蕾切尔呆呆地站在那里无事可做。而且，她喜欢年轻女性，因为她曾经教过很多年轻女学生，也因为受到安布罗斯夫妇如此热情的款待，她很乐意可以做出一点回报。于是她四处张望，想给蕾切尔展示些什么。然而房间里并没有太多可供消遣的东西。她摸了摸手稿。“乔叟时期；伊丽莎白[1]时期；德莱顿[2]时期，”她回忆道，“我很庆幸没有更多的时期了。我还在写十八世纪中叶呢。你不坐坐吗，温雷丝小姐？这把椅子虽然小巧，但是很结实……《尤弗

① 伊丽莎白：指的是伊丽莎白一世（Elizabeth I，1533 年—1603 年）：于 1558 年 11 月 17 日至 1603 年 3 月 24 日任英国和爱尔兰女王，是都铎王朝的第五位也是最后一位君主。

② 德莱顿：指的是约翰·德莱顿（John Dryden，1631 年—1700 年）：英国著名诗人、文学批评家、翻译家，1668 年的英国桂冠诗人。

伊斯》[1]，英国小说文学的萌芽。”她继续说着，又扫了一页内容，“有什么感兴趣的吗？”

她亲切率直地看着蕾切尔，似乎蕾切尔需要什么，她都会尽全力为她提供。她的脸上布满了关切与忧思，而这副神情让她沧桑的脸庞看上去有一种不同寻常的魅力。

“噢，不对，你爱的是音乐，对吗？”她想起来了一些，继续说道，“我一向认为文学和音乐搭配不到一起。当然有时候会有天才——”她四处张望着寻找什么东西，看到壁炉台上有一个罐子，于是她拿了下来递给蕾切尔，“把手放进罐子里就能取出腌生姜。你是天才吗？”

但是生姜在罐子深处，没办法够到。

“不用麻烦了，”当艾伦小姐找其他工具的时候，蕾切尔说道，“我觉得自己不会喜欢腌生姜的。”

“你从来都没尝过吗？”艾伦小姐问道，“那我觉得你现在应该尝一尝了。为什么呢？因为这可能会给生活增

---

① 《尤弗伊斯》即《尤弗伊斯：才智之剖析》（*Euphues: the Anatomy of Wit*）：一部1578年出版的散文传奇作品，作者为约翰·黎里。

添一份新乐趣，而且趁着你还年轻——”她试着用钮钩取出腌生姜。“我给自己定了一条规矩：什么都要尝试一下，”她说，“如果你在临终前才第一次吃到生姜，却发现这是你有生以来最喜欢的东西，难道不会感到遗憾吗？反正我肯定会非常遗憾的，因此我一定要什么都尝试一下。”

这时她成功地用钮钩取出了一片生姜。当她擦拭钮钩的时候，蕾切尔咬了一口姜片，然后立马大叫道，“我得吐出来！”

“你确定尝到味道了吗？”艾伦小姐问道。

蕾切尔把生姜丢出了窗外，以示回答。

“不管怎么说，你也体验过了，”艾伦小姐平静地说，“让我看看——我没什么可以给你看的了，除非你愿意尝尝这个。”在床的上方悬挂着一个小柜子，艾伦小姐拿出了一个小巧精致的瓶子，里面装着浅绿色的液体。

“薄荷酒，”她说，“你知道的，也就是利口酒。这让我看上去像是个酒鬼是不是？实际上这恰恰证明了我是一个极其节制的人。这个瓶子在我这儿已经有二十六年之久了。”她充满自豪地望着它，补充道。当她把瓶子倒过来的时候，从液体的高度可以看出，这个瓶子里的酒还没有被碰过。

“二十六年？”蕾切尔惊呼。

艾伦小姐很满足，因为她已经预料到了蕾切尔的惊讶。

“这是在我二十六年前去德累斯顿[①]的时候，”她说，“我的一位挚友送给我的一件礼物。她认为如果发生沉船或其他事故的时候，酒精饮料没准会派上用场。然而，我没有遇上这类事故，于是带着它回到了家。此后，每次海外旅行的前夕，这个瓶子总会出现在我眼前，给我带来同样的讯息；而如果我一切顺利，就会带着它安全返航。我把它看作是对抗灾祸的一个符咒。虽然有一次因为前行的列车出了事故，我被耽误了二十四小时，但我从没有亲身经历过任何事故。没错，”她对着瓶子继续说道，“我们已经一起见识了许多不同的气候，而你也住过了很多壁橱，对不对？我打算以后订制一个写着题词的银制铭牌。我想你可以看出来，这是一位绅士，名字是奥利弗……如果你

① 德累斯顿（Dresden）：位于德国的东南方，是德国萨克森自由州的首府。

打碎了奥利弗，我想我无法原谅你，温雷丝小姐。”她一边说着，一边把蕾切尔手里的瓶子拿回来放回了柜子里。

蕾切尔正捏着瓶颈摇晃着瓶子。她被艾伦小姐深深地吸引了，甚至忘记了手中的瓶子。

“真棒，”她大声说道，“我认为这太不同寻常了。能拥有一个二十六年的朋友，还是一个瓶子——而且还一起经历过这么多次旅程。”

“并不是这样，我认为这再寻常不过了，”艾伦小姐回答道，“我一直觉得自己是一个很普通的人。一个人能像我这样普通，倒是不简单呢。我都忘记了——你是天才吗，还是你刚刚说你自己不是一个天才？”

她很友好地朝蕾切尔笑了笑。当她笨拙地在屋里踱步时，整个人看上去那么博学，那么阅历丰富，因此她的话语里肯定拥有抚平痛苦的力量，值得蕾切尔去依赖。然而此时正在关上柜门的艾伦小姐保持着多年以来形成的习惯，依然默不作声。一种不安的情绪让蕾切尔也保持着沉默。一方面她希望能够高高跃起，让自己鲜活的躯体释放出火花；另一方面，她也意识到了一丝无能为力，只能在沉默中顺其自然。

“我不是个天才。我发现自己很难表达内心想说的话——”过了很久她终于开口说道。

“我认为这与性格有关，”艾伦小姐帮她分析道，“有一些人会毫无障碍地表达出来；对我而言，有很多事情无法说出口。但后来我认为这是自己太过迟钝的缘故。我现在的一个同事，能判断出别人是否喜欢她——让我想想，她是怎么做的？是根据早餐时说‘早安’的方式。我要想弄清楚的话，估计得花上好几年的时间。但大多数年轻人好像很容易就能判断出来？”

“噢，不，”蕾切尔说，“这太难了！”

艾伦小姐静静地看着蕾切尔，没有作声，猜想着这其中的困难。然后她把手放到了后脑勺的位置，发现有一卷灰色的头发松开了。

“我得请你稍等一会儿了，”她说着站了起来，“我需要整理一下我的头发。我一直找不到满意的发卡。我还必须换一件衣服。如果你能帮我一把的话，就再好不过了。因为衣服上有一组很讨厌的钩子，要是我自己系上的话得需要十到十五分钟；不过有你帮忙的话——”

她脱掉了外套、裙子和衬衣，站在镜子前开始整理头发。她的身材有一点臃肿，显得衬裙很短，两条腿看上去像灰色石板一样。

“人们说青春令人感到快乐，而我个人觉得中年比青春还要快乐得多。”她一边说着，一边把头上的发卡和发梳摘下来，拿起了大梳子。她的头发松开后刚到脖子的位置。

“在青春年少的时候，”她继续说着，“一个人在教育之下，会觉得事物都是非常严肃的……现在该换衣服了。”

电光火石之间，她的头发就又被梳回了原来的环形。她的上身换成了深绿色带黑色条纹的上衣，而裙子上不同角度的钩子还没有扣好，所以蕾切尔还得跪在地板上，把挂钩和钩眼对准。

“我记得，约翰逊小姐过去总对生活心存不满，”艾伦小姐转过身背对着灯，继续说道，“于是她开始养豚鼠，然后日渐沉迷。我刚刚听说黄色豚鼠生了一个黑色豚鼠宝宝。我们还打了六便士的赌。她一定会因为赢了赌注而得意洋洋吧。”

裙子系好了。她在镜子前看了看自己，脸上也变成了平时照镜子时那种格外严肃的表情。

“我一会儿要出门与朋友会面，现在的这身装束还算得体吗？”她问道，“我忘了究竟是怎么一回事了，到底是他们发现黑色的动物很少生出其他颜色的宝宝——还是反过来的。我听过许多次解释了，但还是忘了。我可真笨。”

她在屋内走来走去，寻找着一些身上的小配饰——挂坠盒、手表、链子，沉重的金手镯和象征女性选举权益组织的彩色纽扣。最终，艾伦小姐为周日茶会做好了准备。她站在蕾切尔的面前，对着她报以温柔的微笑。她不是一个容易冲动的女人，而且生活的阅历令她在谈话中十分克制。然而与此同时，她又拥有一种与人为善的品质，尤其是对待年轻人时，而这也让她经常为自己的笨嘴拙舌感到遗憾。

“我们下楼去吧？”她说。

她把一只手搭在蕾切尔的肩上，然后屈身拾起了一双休闲鞋，将它与另外一双鞋整整齐齐地并排放在了门口。在走廊上，她们经过了很多双鞋靴，有黑色的、有棕色的，都摆放得整整齐齐。但每一双鞋又都不尽相同，甚至摆放在一起的方式也迥然有别。

“我一直认为人们就像自己的鞋子一样,”艾伦小姐说，“那是佩利太太的——”她话还没说完，门打开了，佩利太太坐着轮椅被推了出来，她也盛装打扮好了，准备去出席茶会。

佩利太太向艾伦小姐和蕾切尔打了招呼。

“我正说到人们和自己的鞋子有多么相像呢。”艾伦小姐说。佩利太太并没有听到。艾伦小姐提高了音量重复了一遍。佩利太太依然没有听到。她又重复了一遍。这一次佩利太太听到了，但她没有听明白。很显然，艾伦小姐正要说第四遍，这时蕾切尔突然含糊不清地说了些什么，随后消失在走廊当中。这种交流上的不畅，以及走廊上的拥堵，在她看来都是难以忍受的。她快速又漫无目的地朝着反方向走去，最后发现自己走到了走廊的尽头。那儿有一扇窗户，窗边有一张桌子和一把椅子，在桌子上放着一个生锈的墨水台，一个烟灰缸，一张老旧的法语报纸，还有一支断了笔尖的钢笔。蕾切尔坐了下来，似乎想要读读那份法文报，但是一滴眼泪落在了模糊的法语字体上，形成了一块墨渍。她突然抬起头，大声呼喊道，“简直令人无法忍受！”她向窗外望去，即便眼泪没有湿润眼眶，也依然什么都看不到。终于，她任由自己沉溺在这一整天的强烈愤懑中了。从始至终她都感到一种痛苦；起初，是教堂的礼拜；随后是午餐；然后是伊芙琳；再接着是艾伦小姐；最后是堵着走廊的佩利太太。一整天她都在不停地被人折磨，四处磕磕碰碰。现在她终于不堪重负，情绪到达了极限，感到了某种危机，而这也让她看清了世界真实的一面。她十分讨厌这个世界的面目——教堂，政治家，格格不入和惊天骗局——像达洛维先生一样的人，像巴克斯先生一样的人，伊芙琳的喋喋不休，还有堵着过道的佩利太太。与此同时，她规律跳动着的脉搏如同不断流淌的炙热情感；在跳动，在挣扎，在烦躁着。眼下，她的身体就是全世界生命的源泉，即将四处迸发，却一会儿被巴克斯先生，一会儿被伊芙琳，一会儿又被一股如世界般沉重、强加于人的愚蠢给压了回去。受到如此折磨，她不禁把两只手缠绕在了一起。所有的事情都在出错，所有的人都在犯蠢。她隐隐约约地看到下面的花园中出现了几个人。在她看来，这些人就是毫无意义的物质，四处晃荡，除了妨碍她以外没有其他任何目的。世界上的其他人究竟都在做些什么呢？

“没人知道。”她说。愤怒的情绪又开始在身体中流淌，原本栩栩如生的世界变得模糊不清了。

“这是一场梦。”她注视着生锈的墨水台、钢笔、烟灰缸，还有陈旧的法文报纸嘟囔道。这些渺小的、不值一文的物件在她看来，代表了人类的生活。

“我们都沉睡在梦境中。”她重复道，但这个猜测又让她想到这其中的某件东西可能代表着特伦斯。这个想法将她从郁郁寡欢的状态中唤醒了。她又变得和坐下之前一样烦躁不安。她眼中的世界，已经不仅仅是脚下这座城镇了。这个地方已经被阴霾笼罩，四处都是燥热的红色迷雾。她又回到了之前每天所处的那种状态。思考不是找到出路的方法，只有行动才能为她提供庇护。进进出出每个房间，进进出出每个人的思想，才能去寻找那些她不了解的事物。因此她站了起来，一把推开桌子，向楼下走去。她走出了大厅的门，转过宾馆的角落，发现自己身处从楼上窗户看到的那群人之中。但是由于刚从阴暗的走廊来到阳光充足的户外，还由于刚从梦幻回到现实，这群人看上去显得分外亮丽、色彩鲜明，就好像剥落了表面遍布的灰尘，只留下了事物的实际本质和转瞬即逝的瞬间。这景象就如同印在黑夜里的一幅画作。白色、灰色，还有紫色的人影散落在绿色的藤条圆桌周围，中间茶壶的火焰令空气摇曳不停，就像一面失真的镜子，一棵巨大的绿色树木矗立在他们上方，如同一股蓄势待发的巨大力量。她又靠近了一些，听到伊芙琳自言自语的声音，“来这边——这边——乖小狗，来这边”；一瞬间好像什么也没有发生，一切都静止了下来，接着她发现了其中一个人影是海伦·安布罗斯；飞扬的尘埃又开始落了下来。

这群人通过不同的方式组合到了一起；每张茶桌都紧紧挨着，两个区域之间用躺椅相连。不过，就算中间隔着距离，也可以看出，兴致勃勃又趾高气扬的弗拉辛太太在掌控着整个聚会。她正隔着桌子，与海伦热切地交谈着。

“在帐篷里待十天，”她说，“毫无舒适可言。你要想过得舒服些，就千万别来。但我要告诉你，如果你不来，就会后悔一辈子。你说是吧？”

这时，弗拉辛太太瞟到了蕾切尔的身影。

“啊，你的外甥女来了。她保证自己也会参加的，对吗？”她这个人，一旦制定好了计划，就会像个孩子一样兴致满满地执行起来。

蕾切尔热切地把话接了下去。

“我当然会去的。你也是，海伦。还有佩珀先生也是。”她入座后发现周围都是认识的人，但特伦斯不在场。人们开始从各个角度讨论这次计划中的出游。有些人说，天气会很热，但是晚上又会很冷；还有人说，租船和语言障碍可能才是困难之处。弗拉辛太太否决了所有的说法，表示无论是人力还是物力方面的困难，她的丈夫都能一一解决。

与此同时，弗拉辛先生悄悄地给海伦解释道，这次出游实际上非常简单；五天的时间在户外活动；那里——是一个当地的村庄，在她回英国之前，非常值得看一看。海伦含糊不清地嘟哝着什么，并没有想好如何回答他。

茶会这种活动，参与者形形色色，因此很难围绕着一个话题聊得尽兴；但在蕾切尔看来，这反而有一大好处，就是她无需加入交谈的行列。另一旁，苏珊和亚瑟在向佩利太太解释这次出游；在佩利太太听明白以后，以一位老旅行者的身份提了几点建议：带上新鲜的罐头蔬菜、皮毛外套和防虫粉。她倾过身子，向弗拉辛太太耳语着什么，从她闪烁的眼神中可以看出，似乎是在说着关于臭虫的一些事情。此时海伦为了赢桌子上摆着的六便士，正在向圣约翰·赫斯特背诵《勇敢者的代价》①；而休林·艾略特先生正在讲着关于寇松侯爵②的轶事，还有大学生自行车的故事，听众们都听得入了神。索恩伯里太太一直在努力回想着一个人名，那个人可能会成为第二个加里波第，还写了一本他们都应该读一读的书；索恩伯里先生则想起来他有一架好用的望远镜。艾伦小姐这时在与小狗喃喃自语，这种怪异的亲密口吻在未婚女性的身上很常见。那是一只猎

---

① 《勇敢者的代价》（*Toll for the Brave*）：它的歌词是 1782 年英国诗人威廉·柯珀（William Cowper）为纪念“皇家乔治”号（Royal George）的失事而创作的。

② 乔治·纳撒尼尔·寇松（George Nathaniel Curzon，1859 年—1925 年）：是第一代凯德尔斯顿的寇松侯爵，英国保守党政治家。于 1898 年至 1905 年任印度总督，自 1919 年至 1924 年任外相，曾在决定英国的政策方面起了主要作用。

狐犬，被伊芙琳最后哄过来了。树枝时不时如同叹息一般轻微地晃动一下，引得一些灰尘与花瓣飘落到盘子上。蕾切尔好像对这一切都了如指掌，她就像一条河流，察觉落入水中的小树枝和望着溪流上方的天空。她的眼神太茫然了，伊芙琳有些看不惯，于是穿过人群，坐在了蕾切尔的脚边。

“怎么样？”她突然问道，“你在想什么？”

“沃林顿小姐。”蕾切尔仓促地回答，因为她总得说些什么以示回应。她看到苏珊在和艾略特太太说着悄悄话，亚瑟则用充满自信与爱意的眼光看着苏珊。于是蕾切尔和伊芙琳两个人都开始聆听苏珊的谈话。

“万物都存在着秩序，小狗、花园，还有来上课的孩子们，”她的声音充满了韵律，就好像是在点名一样，“还有我的网球、村庄、给父亲写的信，以及无数听起来微不足道的小事；但是我从来没有属于自己的时刻。在该睡觉的时候，我总是困得头还没沾着枕头就睡着了。另外，我还很喜欢陪伴我的姨妈——我很无聊对不对，艾玛姨妈？（她冲着佩利太太报以微笑，佩利太太的头微微下垂，满怀喜爱地看着自己的蛋糕。）还得注意不要让父亲在冬天着凉，这就意味着要操很多心，因为他不会照看自己。比你还要严重，亚瑟！所以这些事情全部都堆积到一起了！”

带着对生活和本性的极度满足，苏珊的音调也提高了。蕾切尔突然对苏珊萌生出了一种强烈的反感，她对苏珊的善意，甚至是同情都烟消云散了。她一下子变得虚伪和残忍起来；她的形象也变得又矮又胖，原本友善的蓝眼珠现在看上去肤浅又暗淡，如花瓣一般的面颊凝固成了干涸的红色河道。

海伦转向蕾切尔。“你去教堂了吗？”她问道。她已经赢到了六便士，正准备离开。

“去了，”蕾切尔说，“这是最后一次了。”她补充道。

海伦正准备戴手套，一只手套掉在了地上。

“你不去了吗？”伊芙琳问道，她也拿起了一只手套，但没打算戴上。

“我们该走了，”海伦说，“你难道没有注意到每个人都变得安静了吗——？”

此刻大家都安静了下来，一方面是因为这段突如其来的谈话，另一方面是因为他们看见有人在向他们走来。海伦没有看清是谁。她一直盯着蕾切尔，通过对她的观察，海伦想道，“看来是休伊特。”一种奇怪的气氛笼罩了这一时刻。她戴上手套，随后站了起来，因为弗拉辛太太也看到了休伊特，正要打听关于河流和船只的消息，整个谈话似乎又要重新开始了。

蕾切尔跟着她，她们沿着大道沉默地走着。虽然海伦已经亲眼看见并理解了一些事情，但此刻她脑海的最深处发生了奇异的变化；如果参加了这次出游，她就一次澡都不能洗。这对她来说是一件无法容忍的大事。

“要和一群几乎素不相识的人待在一起,真让人不快,”她说道，“尤其对介意别人看到自己裸体的人来说。”

“你不想去了？”蕾切尔问道。

蕾切尔紧张的语气激怒了安布罗斯太太。

“我没说去，也没说不去。”她回答道。她变得越来越无所谓，也越来越冷漠。

“总之，我敢说我们已经看遍了所有值得看的东西；然后他们又提出了这一档子麻烦事，无论他们怎么说，这次出游肯定都会让人非常不舒服。”

有一阵子，蕾切尔没有作出任何回应，但海伦说的每一句话都在加深她的痛苦。最后她爆发了——

“感谢上帝，海伦，我可不像你！我有时候觉得，你除了活着以外对一切都毫不在意！你就像赫斯特先生一样，看到了糟糕的事物，总会很骄傲地宣称你看出了它们有多么糟糕。这就是你口中的坦诚；实际上这是懒惰，是愚笨，是一事无成。你从不提供帮助，你总是任其自生自灭。”

海伦笑笑，好像她很享受这样的攻击。

“还有吗？”她问道。

“在我看来这糟透了——就这样。”蕾切尔回答说。

“很有道理。”海伦说。

要是在其他时候，蕾切尔可能会被她舅妈的直率弄得默不作声；但在今天下午，她可不想再缄口无言。她很想进行一次争吵。

“你简直是半死不活。”她继续说。

“是因为我没有接受弗拉辛先生的邀请吗？”海伦问道，“还是你一直都是这样认为的？”

这时，蕾切尔想起，从第一晚登上尤弗罗西尼开始，她就意识到了海伦身上的这种缺点，尽管她很漂亮、很慷慨，尽管她们之间充满友爱。

“噢，这只不过是每一个人都会有的问题！”她大声说道，“所有人的所做所想，除了给予伤害外别无他用！我告诉你，海伦，这个世界很糟。生活、欲望，都是极度痛苦的——”

说到这里，她扯下了树丛中的一撮树叶，将它们在手里捏碎来控制自己的情绪。

“这些人的生活，”她试图解释道，漫无目的就是他们的生活方向，“每个人的生活无论是这样还是那样，全部都是一模一样的。一个人永远也无法从他人身上得到自己想要的。”

如果海伦想要争论，或是重获蕾切尔的信任的话，在蕾切尔现在这种困惑的精神状态下，简直易如反掌。但是她并没有开口，而是一言不发地走着。漫无目的，细枝末节，毫无意义，噢，不——她在茶会看到的事情已经让她无法再去相信了。那些小玩笑，叽叽喳喳的交谈，整个下午的空虚与空洞在她的眼前一一枯萎。在喜爱和厌恶，相聚和分离之下，有大事件正在发生——是很可怕的事情，因为其意义非凡。她的安全感被动摇了，就好像在嫩枝和枯叶之下看到了一条正在蠕动的蛇。在她看来应该存在片刻的停顿，片刻的虚构，然后才会诞生出深奥而不合情理的规律，将一切按照它的喜好发展和摧毁。

她看着走在身旁的蕾切尔，蕾切尔依然在用手指捏着树叶，沉浸在自己的思绪中。这个人坠入了爱河，她因此对蕾切尔产生了极大的怜悯。此刻她从思绪中抽离了出来，开始向蕾切尔道歉。“真对不起，”她说，“我笨头笨脑的，但这是我的天性，无法改变。”假如这是天生缺点的话，她倒是找到了一个简单的补救办法。她接着说道，她认为弗拉辛先生的计划，只需要再考虑得周全一些，就会非常出色了。她们到家的同时也达成了约定：要是听到更多关于这件事情的消息，她们就接受邀请。

第二十章

当弗拉辛先生和安布罗斯太太详细地考虑出游活动时，他们发现这次行动既不危险也不困难，甚至算得上是稀松平常。每年这个季节，英国人都会聚在一起，顺着河流逆流而上一小截，登陆后游览一下村庄，从当地人手中买上一大堆东西，之后回程。在这过程中，无论是人的心灵还是身体，都不会受到一丝一毫的伤害。在确认有六个人希望参与这次出游后，他们很快就安排起了行程。

自伊丽莎白时代以来，这条河流一直都人迹罕至，因此至今还保留着那个时代的景色。与两岸间奔腾的水流、恣意生长的绿色灌木丛以及由瘦弱的小树苗孑然长成的参天大树所经历的时光相比，伊丽莎白时代至今也不过是弹指一挥间。这波浪一般起伏的绿色景致经历了一个又一个世纪，从未改变，仅仅是随着日出日落、云卷云舒的景色而稍显不同。那两岸间奔流的河水永不停歇，时而冲刷泥土，时而带走树枝。而在世界上的其他地方，一座又一座的废墟被建为了城镇，城镇间的居民变得越发各有千秋，不尽相同。在他们几周前举办野餐的那座山顶可以望见这条河流的一段。当苏珊与亚瑟互相亲吻时，当特伦斯与蕾切尔坐着谈论里士满时，当伊芙琳与佩罗特漫步而行、想象自己是前来开拓殖民地的伟大将领时，他们都看到了这段河流。从他们所处的位置望去，一条宽广的蓝色河流穿越过沙地，汇入了大海，而大片的绿色树冠向远处无限延伸，直到与水域融为一体消失在了视线的尽头。在距离河岸二十英里左右的范围内，还散落着一些房屋；随着范围的扩大，房屋逐渐被棚屋替代，最终房屋与棚屋都消失了，仅仅剩下树木与杂草，只有猎人、探险家和商人穿行其中或在河上行船时才能看到，他们也没有在此定居。

这支由六个英国人组成的队伍一大早就从圣玛丽娜出发，驱车二十英里后又骑马前行了八英里，最终在夜幕降临之时到达了河边。他们——弗拉辛先生和弗拉辛太太、海伦·安布罗斯、蕾切尔、特伦斯和圣约翰，骑着马在林间穿行。那些疲惫的小马不自觉地停了下来，于是这些英国人下了马。弗拉辛太太兴高采烈地大步奔向河岸。这是漫长而又炎热的一天，但她享受着行进的速度与清新的空气；她终于远离了自己憎恨的宾馆，并且找到了合心意的同伴。河流在黑暗中打着漩流淌而过，他们的耳边充满了水流的奔腾声，只能看清光滑流动的水面。他们站在巨大树木间的一片空地上。稍远处，有一盏轻微晃动的绿色小灯，为他们指明即将上船的位置。

当他们全部登上了甲板后，才发现这是一艘非常小的船。它在他们的脚下轻轻地颤动了几分钟，然后沿着水面平稳地驶了出去。他们似乎正在潜入暗夜的中心，树丛严密地阻隔着他们前进的路线，他们耳边充满了树叶沙沙作响的声音。通常来说，巨大的黑暗使人们说话的声音显得渺小又微弱，也使人们丧失了交流的欲望。在甲板上绕了三四圈以后，他们聚拢在一起，打着长长的哈欠，一同望着岸边的一个幽暗角落。伴着一种被气氛压抑着的、富有节奏的喃喃低语，弗拉辛太太开始思考他们可以在哪里入睡。他们既不能睡在底舱，也不能睡在满是油味的脏乱角落，同样也不能睡在甲板上，还不能睡在——她想着这些，打了一个长长的哈欠。正如海伦之前所预料到的那样，尽管已经处于昏昏欲睡的状态，也几乎无法看清彼此，他们依然面临着更衣的问题。在圣约翰的帮助下，她撑起一张天篷，说服了弗拉辛太太到这后面更衣。除非她碰巧将自己隐藏了四十五年的某些部位毫无遮蔽地展示在人们眼前，否则没有人会注意这里。床垫已经铺开，毯子也已经准备好。三位女士靠着彼此躺在了柔和的户外。

男士们则吸了不少烟，把仍在燃烧的烟头丢进河中，望了一会儿他们下方泛起涟漪的黑暗水面，随后也脱掉了衣服，在小船的另一端躺了下来。他们非常疲惫，彼此间被浓浓的夜色阻隔着。船上那盏灯笼发出的光线只能照亮一些绳索、几块甲板以及小船的扶栏，除此以外的事物都被无边无际的黑暗笼罩着。他们的脸庞和那些在河边聚集的树木都漆黑一片。

很快，威尔弗里德·弗拉辛睡着了，赫斯特也睡着了。只有休伊特独自躺着凝视天空。船只平缓的移动与不断从眼前略过的黑影令他无法思考。一想到蕾切尔距他如此之近，他就无法安然入睡。此刻的她近在咫尺，就睡在小船的另一端，距他仅几步之遥，这令他无法再为她牵肠挂肚，就如同当自己与她比肩而立、贴头相依时，自己就无法再凝视她一样。从某种程度上来说，这艘小船与他的处境相同，即使他起身掌舵也无法改变它的航向，因此他再怎么用尽全力与自己那股无法抗拒的感情力量抗争也都是无济于事的。随着船只在光滑的水面上平稳滑行，他远离了自己的一切过往，穿越障碍，越过界标，滑入了一片未知的水域。在万籁俱寂中，被一种前所未有的昏沉状态包裹着，他躺在甲板上望着映衬着天空的树梢间那些细微的差别，有的弯成拱形，有的松弛下垂，有的茂盛高昂，直到眼前的这幅景象变为了他那躺在一片巨大的树荫下抬头望着天空的梦境。

当他们第二天醒来的时候，船只已经沿着河流行进了一大段；此刻在他们的右侧是一段点缀着树木的高高的黄色沙岸，左侧是一片沼泽地，长着高高的芦苇和竹子，栖息在树木顶端的有着鲜艳的绿色和黄色羽毛的鸟儿在微微晃动着。这是一个炎热而寂静的早晨。早餐后大家把椅子拉到一起，摆成一个不规则的半圆，纷纷在船头坐了下来。头顶的遮阳棚阻挡着阳光对他们的炙烤，船只行进带来的微风轻柔地吹拂着他们。弗拉辛太太已经开始在她的油画布上描描画画了，每隔一会儿头部就会猛然一动，就如同一只正在兴奋啄食的鸟儿。其他人在膝头摊开了书籍、报纸或刺绣作品，一会儿低头忙忙手中的事情，一会儿抬头望望眼前的风景。休伊特一度大声朗读一首诗歌，但是眼前不停变换的风景让他无法出声，他只好停了下来。没有人再开口说话。他们的小船在树荫下向前穿行。一会儿可以看到一群红色的小鸟在左侧的小岛上觅食，一会儿又能看到一只蓝绿色的鹦鹉鸣叫着在树木间飞行。他们一路航行着，眼前的风景越发原始。树木与灌木丛似乎在靠近地面的地方为争夺地盘进行着殊死搏斗；而其中高耸着几棵鹤立鸡群的参天大树，绿色的伞状树冠在上空轻轻地颤动着。休伊特又低头看起了书。这清晨就如同昨夜般宁静，但因为有了阳光的明亮照耀，他可以看见蕾切尔的身影，聆听她的声音，靠近她的身体。他感觉自己仿佛正在等待着什么，就好像他在某种程度上是处于静止的状态，任凭声音、人们的身体、飞鸟等万物略过他的身旁或聚拢在他的周围。只有蕾切尔与他一样，也在等待着什么。他时不时向她瞥上一眼，好像必须让她知道他们俩正在共同等待着什么，他们被吸引待在一起，却都不抵抗这种感觉。他再一次低头读起了书：

拥我入怀之人，无论你的身份，

缺少一件事情，一切皆成枉然。[①]

一只鸟儿发出了一阵狂乱的笑声，一只猴子像是提出了令人难堪的问题般咯咯轻笑了几声。随着炽热的阳光散去，休伊特的声音摇曳着飘荡了出去。

渐渐地，行驶的河道变窄了，两旁高高的沙岸也降为了树木茂盛的平地，耳畔传来了森林的声音。如同身处大厅一般，四周充满了回声。有人突然大声叫嚷了几声，紧接着是一段长长的寂静，就像是大教堂中男孩的声音停歇后那依然不停萦绕在屋顶各个角落的回声。过了一会儿，

① 出自美国诗人华特·惠特曼(Walt Whitman)于1855年出版的诗集《草叶集》(*Leaves of Grass*)。

弗拉辛先生站起身与一位水手交谈了几句，回来后宣布午餐后蒸汽船将会停上一会儿，大家可以到森林里散散步。

“森林间布满了小路，”他解释道，“我们还没有远离文明社会呢。”

他仔细地欣赏了妻子的画作。出于礼节，他没有公开地夸赞，只是一只手在画作的一半处比划了一下，另外一只手在空中做了一个手势。

“上帝！”赫斯特双眼直盯着前方惊呼道，“这一切真是惊人的美丽，你们不觉得吗？”

“美丽？”海伦问。这似乎是一个陌生而微不足道的词语。她与赫斯特也都是如此的微不足道，以至于她忘记了回答他的问题。

休伊特觉得自己必须要说些什么。

“这里就是伊丽莎白时代人们的灵感来源。”他凝视着茂盛的叶子、锦簇的花团和巨大的果实，沉吟道。

“你是说莎士比亚？我讨厌莎士比亚！”弗拉辛太太叫道，威尔弗里德带着钦慕赞叹道，“我敢说这世界上只有你敢这么说，艾丽斯。”但弗拉辛太太并没有在意丈夫的这番恭维，继续有规律地挥动着画笔，嘴里时不时地发出一两声模糊的咕哝或叹息。

此刻已经变得十分炎热了。

“瞧瞧赫斯特！”弗拉辛先生低语道。只见赫斯特手中的一张纸已经滑落到了甲板上，头向后仰着，发出了长长的鼾声。

特伦斯拾起那张纸，在蕾切尔的面前展开。这是他在小教堂里就开始动笔的一首诗歌的延续，是关于上帝的，十分粗鄙。蕾切尔虽然无法完全理解诗句的内容，但已经觉察出了它的粗俗。休伊特开始在赫斯特留下的空白处填入词句，但他的动作很快就停了下来，铅笔滚落到了甲板上。他们向右侧河岸逐渐靠近，周身笼罩着绿色的光线，在一丛丛绿叶中穿行。弗拉辛太太把她的画稿放在了一边，静静地注视着眼前的风景。赫斯特醒了过来。已经到了午餐时间，他们享用午餐的同时，小船在岸边不远处停了下来。汽船后面拖着的小船被挪到了侧面，女士们在帮扶下上了小船。

为了避免无聊，海伦在腋下夹了一本回忆录，弗拉辛太太则带上了她的画夹，他们就这样登上了森林边的河岸。

他们沿着与河道平行的小路刚走了几百码，海伦就嚷着说热得受不了。此时，河面已无一丝微风，四周只剩下炎热又潮湿的空气与来自森林的浓重气味。

“我就在这儿坐坐。”她指着一个树墩说道。那是一个有很久历史的树墩，上面布满了一层又一层的匍匐植物与皮带一般的荆棘。她坐了下来，打开阳伞，望着被树干分割成一段一段的河流，把背影留给了身后那些消失在黑影中的树木。

“我完全同意。”弗拉辛太太说着打开了她的画夹。她的丈夫在周围观察了一番，为她挑选了一个作画的绝佳角度。赫斯特在海伦的身旁清理出一块地方，从容地坐了下来，看样子不与她进行一番长谈是绝不会轻易起身的。特伦斯和蕾切尔还在一旁站着，没有找到能坐的地方。特伦斯预感到命中注定的重要时刻即将来临了。尽管他意识到了这一点，却依然保持着彻底的冷静与克制。他决定站着与海伦说一会儿话，试图劝说她起身离开自己的座位。蕾切尔也加入了劝说的行列，建议她与他们一起走走。

“在我见过的所有人中，”他说，“你是最缺乏冒险精神的。你这会儿就像是坐在海德公园的绿色长椅上似的。你打算在这儿坐一下午吗？难道不想四处走走吗？”

“噢，不了，”海伦说，“一个人只要用眼睛看看就好了。而这里已经是全部了——全部，”她用一种昏昏欲睡的声调重复道，“你们去散步又能看到些什么呢？”

“一到下午茶时间，你就会酷热难耐和心烦意乱，而我们却依然感到清清爽爽和心旷神怡。”赫斯特补充道。当他抬头望向他们的时候，他们在他眼中看到天空与树枝反射出交错的黄绿色，这令他们分了心，而他似乎在思考一些没有说出口的话。就这样，特伦斯和蕾切尔顺理成章地提出要结伴到树林里走走；他们彼此对视了一眼，一同转身离开了。

“再见！”蕾切尔喊道。

“再见。小心有蛇。”赫斯特回应道。他在由倒下的树木与海伦的身体组成的阴凉处舒舒服服地安顿了下来。当他们离去的时候，弗拉辛先生在身后叫到，“我们必须在一小时后出发。休伊特，别忘了，一小时。”

不知是自然还是人为，有一条宽阔的道路恰好与河流形成直角，通往森林深处。这条路与英国森林中的马车道十分相像，只是道路两旁长着的是剑状叶子的热带灌木，地面上铺满的不是杂草，而是默默无闻的厚重苔藓，上面点缀着黄色的小花。随着他们往森林深处行进，四周愈发昏暗，耳中习以为常的噪声也被树木的嘎吱声与沙沙声代替。这让身处森林中的他们产生了自己正在深海中行走的幻觉。这时道路开始变得狭窄，转过了一个弯，缠绕树木的浓密藤蔓像树篱一般围在了道路两侧，四周绽放着星星形状的深红色花朵。不时传来一两声受惊动物发出的刺耳叫声打断了嘎吱声与沙沙声。凝滞的空气中弥漫着一阵阵倦怠的香气。几缕明黄色的光线透过头顶上方巨大的浓绿树冠洒在了地上，给这郁郁葱葱的空间增添了几个明亮斑点。几只红黑相间的蝴蝶正围绕着这些光斑翩翩起舞。特伦斯和蕾切尔一言不发。

这种沉默的气氛不仅使他们感到焦虑，也令他们无法思考。他们之间有一层隔膜需要靠语言来打破。他们之中的一个必须要先开口说些什么，但这个人是谁呢？这时休伊特拾起了一枚红色果实，用尽全力高高地抛向了空中。他准备在它落地的时候就开口。他们聆听着果实与树叶摩擦发出的扑噜扑噜声；聆听着它一路拍打着枝叶往下掉，最终落地时那啪的一声。随后一切又重归沉寂。

“这里让你感到害怕吗？”当果实掉落的声响在空气中完全消失之后，特伦斯开口问道。

“不，”她回答，“我喜欢这儿。”

她又重复了一遍这句回答，“我喜欢这儿。”她走得飞快，身姿比平时更加挺拔。他们再次陷入了沉默。

“你喜欢和我在一起吗？”特伦斯问道。

“是的，喜欢和你在一起。”她回答。

他沉默了片刻，仿佛整个世界都已经被沉默笼罩。

“这也是我与你相识以来的感受，”他说，“我们在一起很快乐。”他似乎并没有说话，而她似乎也没有在听。

“非常快乐。”她说。

他们又沉默着继续向前走，不知不觉间加快了脚步。

“我们彼此相爱。”特伦斯说道。

“我们彼此相爱。”她重复道。

此时，寂静的氛围被他们说出的怪异而陌生的语句打破了。他们走得越来越快；突然同时停了下来，互相紧紧地拥抱在了一起，然后松开倒在了地上。他们并排坐下，听着树木的沙沙作响和远远传来的野兽嘶吼，这些从四周传来的声响如同一座桥梁越过了他们之间的沉默。

“我们彼此相爱。”特伦斯望着她的脸庞重复道。他们两人的脸庞都十分苍白与平静。他们彼此沉默不语着。他担心自己又忍不住想要亲吻她。她渐渐地向他靠近，直到整个人倚在了他的身上。他们就这样坐了一会儿。她开口叫了一声“特伦斯”，而他也回应了一声“蕾切尔”。

“糟透了——实在是糟透了。”在一阵沉默后，她喃喃自语道，内心充满了不断翻涌沸腾的情感。这种心潮腾涌的感受在内心深处愈发真实起来，毫无意义却又令她痛苦不堪。她看到眼泪正在顺着特伦斯的脸颊流淌。

似乎过了很长一段时间，他才做出了下一个动作——掏出他的怀表。

“弗拉辛说的是一个小时。我们已经走了半个多小时了。”

“而且我们还需要半个多小时才能走回去。”蕾切尔说。她缓慢地直起身，完全站起来后，张开双臂深深地吸了一口气，像在叹气，也像在打呵欠。她看起来十分疲惫，脸颊苍白。“往哪条路走？”她问。

“这边。”特伦斯回答。

他们又踏上了长满青苔的小径，开始往回走。耳边不断响起头顶树木的吱嘎声与沙沙声，不时传来几声刺耳的动物叫声。蝴蝶仍然在黄色的光斑上方盘旋飞舞。起初，特伦斯对自己的方向感有十足的把握，但随着他们的行进，他开始有些迟疑了。他们不得不停下脚步重新思考，最终决定返回原处重新出发。因为尽管他能够确认河流的方位，却无法准确记起他们与同伴集合的地点。蕾切尔一路跟着他，在他停下的地方停下，在他转弯的地方转弯，既不考虑方向，也不考虑他停下或者转弯的原因。

“我不想迟到，”他说，“因为——”他把一朵花放进了她的手心，她的手指随之轻轻地合拢。“我们已经太迟了——太迟了——实在是太迟了，”他不停重复着，仿佛是梦中的呓语，“啊——找到了。我们就在这里转弯。”

他们终于又踏上了那条与英国森林中的马车道十分相像的宽阔道路，他们就是在这里与同伴分开的。他们沉默地向前走着，就如同梦游一般，只是时不时地意识到自己身体的沉重。蕾切尔突然喊道，“海伦！”

在阳光灿烂的森林尽头，他们看到海伦依旧坐在树墩上，裙子在阳光下雪白刺眼，而赫斯特也依旧在她身旁撑着手肘坐着。他们俩本能地停住了脚步。在看到了其他人以后，他们觉得自己无法再继续向前，于是手拉着手沉默地站了一两分钟。他们感到自己无法面对其他同伴。

“但我们必须走过去。”蕾切尔最终用他们刚才谈话时那种奇怪而沉闷的语调坚决地说道。他们竭力强迫自己走完了与树墩上坐着的两个人之间那一段短短的距离。

当他们走近的时候，海伦转过身看向他们。她望着他们好一会儿，一言不发。当他们靠近的时候，她平静地开口说道：

“你们见到弗拉辛先生了吗？他去找你们了。他觉得你们一定是迷路了，虽然我告诉他你们不会的。”

赫斯特半转着身体，回过头望向半空那些纠缠错结的树枝。

“那么，这趟散步值得吗？”他呓语道。

休伊特坐在他旁边的草地上，给自己扇着风。

蕾切尔靠在海伦旁的树干末端，小心地保持着平衡。

“十分炎热。”她说。

“不管怎么说，你看起来已经精疲力竭了。”赫斯特说。

“这森林有些密不透风。”海伦一边说着一边拿起她的书，将书页间的枯叶抖落。随后他们都沉默下来，盯着眼前的河水在树干间打着漩流淌而过，直至弗拉辛先生出现。他突然从左侧一百码远的树木后钻了出来，大声感叹道：

“啊，你们最终还是找到了路。但还是已经迟了——比原计划的时间要迟，休伊特。”

他略微有些恼火，作为这次出游的组织者，他还是颇有些威严的。此时他快速嘀咕着一些指责抱怨又毫无意义的词句。

“当然，通常情况下迟到一会儿无伤大雅，”他说道，“但当这关乎其他人时间安排的时候——”

他将大家召集起来，返回河边。小船正在那里等待着将他们送回蒸汽船。

白日的炎热正在逐渐褪去。在享用下午茶时，弗拉辛夫妇开始变得健谈起来。特伦斯听着他们谈话，感到现实似乎被分割成了两个截然不同的层次。一边是弗拉辛夫妇高谈阔论中的云端世界；而另一边是他与蕾切尔共同跌入的世界之底。弗拉辛太太的身上具有某种孩子般的天真率直，也如同孩子一般，总是怀疑长辈对自己有隐瞒。她用那双灵动的蓝色眼睛盯着特伦斯，特意与他讲起了话。她想要知道，如果这艘船触礁沉没的话，他会怎么做。

“除了自己逃生外，你还会关心别的吗？我会吗？不，不会，”她笑着说，“丝毫不关心——别以为我会。一般女性只关心两样东西，”她继续说道，“她的孩子和她的狗，我不相信男人也有关心的两样东西。读过那么多与爱情有关的内容——这就是为什么诗歌都是如此乏味的原因。但在现实生活中他又会怎么做呢？这根本就不是爱情！”她喊道。

特伦斯咕哝了几句不知所云的话。而此时弗拉辛先生已经恢复了他平日的文雅。他抽着一支烟，开始回答他妻子的问题。

“你得时刻记住，艾丽斯，”他说道，“你的成长过程是十分违背人性的——我应该说是不同寻常的。他们没有母亲，”他解释道，语气中少了几丝严肃，“他们的父亲——他是一位非常讨人喜欢的男士，毋庸置疑，但是他关心的只有赛马与希腊雕塑。跟他们讲讲洗澡的事，艾丽斯。”

“马厩里，”弗拉辛太太说道，“冬天会被冰霜覆盖。我们必须得走进去，否则就会挨鞭子。强壮的孩子活下来了——其余的死掉了。优胜劣汰——这是最杰出的计划，我敢说，如果你也有十三个孩子的话。”

“这一切都发生在英国市区，就在十九世纪！”弗拉辛先生转向海伦高声说道。

“如果有孩子的话，我也会这样对待他们的。”弗拉辛太太说道。

每一个词语都清晰准确地传入了特伦斯的耳中，但他们究竟在说些什么，在对谁说，他们又是谁呢？这些了不起的人真的飘浮在云端世界吗？现在他们喝完了茶，站起身靠在船头。正值日落时分，河水被映照成一片暗淡的深红色。河道又变宽了，他们经过了溪流中央的一座深色楔子般的小岛。两只白色的大鸟如同踩着高跷一样站在那里，周身沐浴在红色的夕阳下。小岛的沙滩人迹罕至，只散落着几个鸟爪印。河岸上的树枝看上去比以往任何时候都更为盘根错节，而绿叶闪着金光，耀眼夺目。赫斯特倚在船头，开口说了起来。

“你不觉得这场景让人感觉非常怪异吗？”他抱怨道，“这些树木使人神经紧张——一切都那么疯狂。上帝无疑也疯了。一个心智健全的人怎么能想象得出这样的荒野呢？怎么能与猿猴和短尾鳄一同栖息在这里呢？如果我住在这里的话一定会发疯——彻底发疯。”

特伦斯刚要回答他，安布罗斯太太抢先开了口。她让他看看这景色是如何构成的——看看那令人惊叹的色彩，看看树木的形状。她似乎正在保护特伦斯不被他人靠近。

“是的，”弗拉辛先生说道，“在我看来，”他继续说道，“赫斯特提出的人迹罕至的问题恰恰是关键。你必须得承认，赫斯特，一座小小的意大利城镇就会使整片风景变得庸俗不堪，也会大大削减这广袤无垠的感觉——宏伟壮观的感觉。”他把双手滑向森林的方向，停了一会儿，望着那片此刻正在逐渐陷入寂静的绿色团块。“我承认，这景色使我们显得十分渺小——是我们，而不是他们。”他说着朝旁边一个正俯身向河里吐痰的水手点了点头，“我想，这就是我妻子所感受到的，农民本质上的优越性——”弗拉辛先生还在继续说着，试图说服圣约翰。在谈话声的掩护下，特伦斯把蕾切尔拉到了一旁，装模作样地指着一根半落入水中的巨大的扭曲树干。他不惜任何代价地希望可以靠近她，却发现自己什么话也说不出来。弗拉辛先生的话语不断传入他们的耳中，一会儿是关于他妻子的，一会儿是关于艺术的，一会儿又是关于国家未来的。这些毫无意义的词句在空中高高飘荡着。由于气温下降，弗拉辛先生开始与赫斯特在甲板上踱起步来。当他们经过的时候，一些支离破碎的词句清晰地飘了过来——艺术，情感，真理，现实。

“这是现实，还是梦境？”当他们经过的时候，蕾切尔小声地问道。

“这是现实，是现实。”他回答道。

随着微风渐凉，此时人们都开始起身活动身体。当大家又开始在毯子和大衣下准备就寝的时候，特伦斯和蕾切尔躺在了两个方向相反的角落，无法交谈。然而当夜幕降临之时，其他词句似乎也如同纸张燃烧的灰烬一般，在蜷缩一团后消失殆尽，只留下他们沉默无言地空坐在世界之底。那心花怒放的感觉似昙花一现，他们现在又都重归平和安宁了。

第二十一章

多亏了弗拉辛先生的严格要求，他们最后总算准时到达了计划的河段；在隔天吃完早饭后，当大家又把椅子搬出来，在船头摆成一个半圆形的时候，汽船距离行程的目的地——当地土著部落，只有几英里的距离了。弗拉辛先生坐了下来，建议大家仔细观察河的左岸。他们即将经过一块空地，那里可以看到十几年前因患热病去世的著名探险家麦肯齐住过的小屋，距离文明仅仅一步之遥——麦肯齐，他重复着这个名字，是对内地探索最深入的人。他们的目光很听话地转向了那边。而蕾切尔的眼中什么都没有看见。倒是有黄色、绿色的物体从眼前略过，但是她仅仅看出了一个有点大，另一个有点小；她并不知道那些是树木。不断地转头望来望去让她有些恼怒，就如同专注思考的人被突然打断了一般，虽然她并没有在思考什么。她恼怒的是人们说出的那些话，以及他们漫无目的地挪动身体，因为这些似乎都干扰了她，让她没办法和特伦斯说上话。过了一会儿，海伦看见她正心事重重地盯着一卷绳子发呆，根本听不进去任何话。弗拉辛先生和圣约翰还在从政治角度谈论这个国家的未来，而且已经探讨得颇有深度了；其他人则伸展着双腿或是托着下巴，默默地注视着。

安布罗斯太太乖乖地看着听着，但是内心不知道因为什么，被一种不安的情绪萦绕着。她按照弗拉辛先生说的话，朝河岸看去，感觉乡间的确美丽，但也非常闷热与吓人。她本不想让自己受到莫名情绪的影响，然而随着汽船继续航行，在这清晨的烈日下，她感到了一阵莫名其妙的感动。可能是由于对森林的陌生感，也可能是由于其他什么难以捉摸的原因，她自己也无从得知。她的脑海忽略了眼前的风景，转而被各种焦虑占据：里德利，她的孩子，一些遥远的事情，例如年老、贫穷和死亡。赫斯特其实也很消沉。他原本把这次出游看作了度假，因为他认为一旦远离宾馆，奇妙的事情就会自然而然地发生。但实际上什么也没有发生。而且在这里他们感到不舒服，感到压抑，感到从未有过的害羞。当然，要是对事物抱有期待的话，结果总是会令人感到失望。他觉得这是威尔弗雷德·弗拉辛的错，他的穿着总是如此整齐与正式，他也责备休伊特和蕾切尔。他们为什么不说话呢？他看着他们坐在那里不吭声，心事重重的样子，这景象让他懊恼。他推断他们已经订婚了，或者即将订婚，但他们没有丝毫表现出浪漫或兴奋，而是和其他的一切事物一样，呆板沉闷；一想到这样的人正在相爱，就让他很是恼火。他靠近海伦，开始向她诉说他在晚上过得多么不舒服，他躺在甲板上，忽冷忽热，而且星星太亮，让他睡不着觉。他彻夜未眠，一直在思考，当有一点亮光，足以看清东西的时候，他已经写下了二十行关于上帝的诗。而糟糕的是，他几乎已经证明了上帝根本就不存在。他不觉得自己是在戏弄她，并且开始思考如果上帝存在的话，会发生什么事——“一个留胡子的老人，穿着一件蓝色的长袍，极度易怒而且注定难以相处？你还有其他韵脚吗？上苍，棍棒，悲伤——都用过了；还有其他的吗？”

虽然他和平常一样滔滔不绝，但是海伦还是能够看出，他感到非常不耐烦与不安。然而她还没有回答，弗拉辛先生就大声喊道“这里！”大家都看向河岸上的小屋。那里看上去十分荒凉，屋顶还有一道大缺口，屋子四周的地面呈现出黄色，四处还散落着火堆和锈迹斑斑的空罐头。

“有人在那里找到了他的尸体吗？”弗拉辛太太大声问道。她一直往前探着身子，想找出探险家死去的那个地方。

“有人找到了他的尸体、衣服和一个笔记本。”她的丈夫回答道。汽船飞速向前开去，带着他们驶过了那里。

天气实在是太炎热了，除了偶尔改变一下姿势，或者划火柴，大家都没怎么活动。他们一直注视着河岸，眼中满是绿色的倒影。每一个人都微微紧闭着嘴唇，好像经过的每一处景色都激发了他们的思考。除了赫斯特，他时不时下意识地动一下嘴唇，因为他还在寻找与上苍押韵的词语。无论其他人在想些什么，好长一段时间都没有人开口说话。大家对两岸郁郁葱葱的树木已经习以为常了，因此当大家抬头看到树木消失了，眼前的视野突然变得开阔起来的时候都吓了一跳。

“这让我想起了英国的一处公园。”弗拉辛先生说。

的确，没有什么能够比眼前的这幅景象更加美好了。河流的两岸都是像草坪一样的开阔空间，上面铺满了绿草。

这里的整洁和井然说明有人在精心打理。小山丘的顶端挺立着姿态优雅的树木。在他们目之所及之处，草坪绵延起伏，就像一个老派的英式公园。眼前景色的转变自然引起了大家姿势的改变，他们都站了起来，倚靠在扶手旁，心怀感激地欣赏着这幅美景。

“要是把那片种着黄花的灌木丛砍掉的话，”弗拉辛先生继续说道，“这里就是阿伦德尔[①]或是温莎公园[②]了；我的天啊，快看！”

一排排被太阳晒伤的背影停滞了片刻，然后突然跳了起来，就好像要越过看不见的波浪似的。有那么一小会儿，没有人相信他们真的在野外看到了活生生的动物——那是一群野鹿。这个景象引发了他们孩子一般的兴奋，之前的郁闷一扫而空。

“我从来没见过比野兔大的动物！”赫斯特发自肺腑

① 指的是位于英国西艾塞克斯郡的阿伦德尔城堡花园（Arundel Gardens）。

② 温莎公园(Windsor Great Park)：位于英国东南部区域伯克郡温莎—梅登黑德皇家自治市镇温莎城堡的南侧，是一个占地5000多英亩的大公园。

地大声说道，“没带来我的柯达相机，我真是愚蠢！”

没过多久，汽船渐渐停了下来。船长向弗拉辛先生解释说，如果在这里的岸边散散步，他们一定会很开心；如果他们选择一小时内返航的话，他就会带着大家继续往村庄前进；如果他们选择走路过去——前方也不过一二英里路——他可以在登陆地点和他们汇合。

商讨结束以后，大家又一次上了岸；水手们拿着葡萄干和烟草，靠在栏杆上，看着衣着打扮与脚下的绿色并不协调的六个英国人漫步闲逛。一个不太得体的笑话引得他们一阵大笑，之后他们转过身，开始在甲板上休息。

刚一下船，特伦斯和蕾切尔就一起走到了大家前面。

“感谢上帝！”特伦斯大声喊道，深呼了一口气，“我们终于能独处了。”

“而且我们一直走在前面的话，就能聊聊天了。”蕾切尔说。

然而，虽然他们与其他人的距离足以让他们纵情畅聊，但他们依然保持着沉默。

“你爱我吗？”过了一会儿，特伦斯用这个问题艰难地打破了沉默。开口和缄默都需要付出同等的努力。因为当他们不说话的时候，他们还是能够强烈地感受到彼此的存在，而当他们说话的时候，却无法控制自己的语言：不是太琐碎就是太庞大。

她含糊地说了些什么，只能听清最后一句，“你呢？”

“是的，是的。”他回答。但是，要说的事情太多了，而现在只有他们两个人，所以双方非常有必要再走近一些，并且这样也可以消除上次交谈以后形成的隔阂。这很困难，甚至有一点可怕，让人感到出奇的尴尬。他一会儿感觉头脑清晰，一会儿又感觉一片混沌。

“那我先起个头吧，”他下定决心后说道，“我要说出之前就应该告诉你的话。首先，我从没爱过其他女人，虽然我有过其他女人。其次，我有很大的缺点。我这人很懒惰，也很情绪化——”他继续说着，没有在意蕾切尔的惊讶，“你得了解最糟糕的我。我很贪婪。我被一种情感支配了——无能为力。我觉得，自己本不该要求你嫁给我。我有一点势利，我也有野心——”

“噢，这是我们的缺点！”她大叫道，“这有什么关系呢？”她接着问道，“我这是恋爱吗——这是相爱吗——我们是要结婚了吗？”

他被她富有魅力的声音和风度征服了。他大声说道，“噢，你是自由的，蕾切尔。对你来说，时间不会产生任何影响，或者婚姻，或者——”

其他人的声音从他们的背后不断地飘来，时而远，时而近，弗拉辛太太的笑声清晰可闻。

“婚姻？”蕾切尔重复道。

后方又传来了一阵叫喊，提示他们的路线太靠右了。他们调整了一下方向。特伦斯继续说道，“对，婚姻。”他感觉到，如果蕾切尔无法了解他的全部，他们就无法在一起。这让他更加努力地想把事情解释清楚。

“我身上所有不好的东西，我一直忍受的事情——仅次于——”

她嘟囔道，思考着自己的生活，但是她无法描述出生活的模样。

“还有孤独！”他继续说着，眼前浮现出和蕾切尔一起在伦敦街头漫步的景象。“我们会一起散步。”他说。

这个单纯的想法让他们感到了解脱，他们第一次放声大笑了起来。他们很想大胆地牵起彼此的手，然而背后那些充满关注的眼神还没有从他们的身上挪开。

“书，人，风景——纳特太太，格里利，哈钦森。”休伊特一直在喃喃细语。

薄雾包裹着每一个词语，让彼此都显得很不真实。当午后的时光渐渐逝去，他们之间的接触变得越来越自然。通过欣赏闷热的南方风景，他们所了解的世界变得前所未有的一目了然与栩栩如生。就像蕾切尔在宾馆窗前看到的那样，这个世界又一次在她的眼前生动地展示出了真实面目。她时不时好奇地望着特伦斯，观察他的灰色外套和紫色领带，同时也在观察这个即将和她共度余生的男人。

在又看了他一眼后，她低声说道：“没错，我恋爱了。毫无疑问，我爱上了你。”

尽管如此，他们还是保持着一种令人不大自在的距离。当蕾切尔说话的时候，他们显得是如此亲密无间，然而在下一秒钟，他们又相隔甚远了。她因此感到十分痛苦，于是她大声说道：“这将会是一场斗争。”

当她看向特伦斯的时候，发现他眼睛的轮廓，他嘴唇的线条，还有他身上的其他地方都令她着迷，于是她补充道：

“我想要的是斗争，而你却富有同情心。你比我优秀，优秀太多了。”

特伦斯也看了一眼她，冲她笑了笑，他也像蕾切尔一样，察觉到了她身上令自己欣喜的小细节。她永远属于他一个人。隔阂一旦被消除，他们的未来便是数不清的欢乐。

“我并不比你优秀，”他回答说，“我只是老一点，懒一点；我是个男人，不是女人。”

“男人，”她重复了一遍，一种奇怪的占有欲控制了她，促使她现在就想要抚摸这个男人；她伸出手轻轻地碰了碰他的脸颊。他的手指紧紧跟随着她的。当他感受到手指碰到自己脸颊的触感时，那种巨大的不真实感又笼罩了他。他感到这副身体不是真实的，整个世界也不是真实的。

“发生什么了？”他开始说道，“我为什么要你嫁给我？这是怎么发生的？”

“你要我嫁给你了吗？”她疑惑地问道。他们之间又产生了遥远的距离，两人都不记得之前说过了什么。

“我们曾席地而坐。”他回忆道。

“我们曾席地而坐。”她证实道。这段记忆虽然没有那么美好，但似乎又将他们联结到了一起。他们继续一言不发地散着步，两人的脑海中有时乱作一团，有时停止了运转，只有眼睛在浏览着身边的风景。现在，他再次试着对她说起了自己的缺点，还有爱慕她的原因；而蕾切尔试着向他描述此时或彼时的心理活动，他们一起诠释着她的感受。他们的声音听上去是那么动听，以至于几乎忽略了声音背后的言语含义。他们每说上一两句话就会陷入一段久久的沉默，但这沉默不再让人挣扎或困惑，反而令人头脑清醒，一些琐屑的想法就在这段沉默中被轻易地抛之脑后。他们又一次自然而然地谈起了日常话题。他们聊着鲜花、树木，聊着它们为何如此鲜红，就像家中花园的花丛一样，而且歪歪扭扭的，就像老人的手臂一样。

蕾切尔意识到一种新鲜的感觉正在内心萌芽，细腻无声，就像体内的血液在放声歌唱，又像溪水潺潺地流过礁石。她很惊讶在自己的身上发觉了如此重大的变化。她思索了一下，然后告诉自己：

“我想，这就是幸福吧，”她接着大声地告诉特伦斯，“这就是幸福。”

特伦斯接过了她的话，回答道，“这就是幸福。”说完他们意识到两人同时迸发出相似的感觉。于是他们开始互相描述彼此的感受，对比其中的不同，因为它们的确是不尽相同的。

身后嘈杂的声音无法穿透他们坠入的爱河。休伊特的名字被急促地喊了好几遍，那一个个音节在他们的耳中就像枯树枝折断的声音，又或者像鸟儿的笑声一样。小草和微风的声音环绕在他们周围，而他们没有注意到小草沙沙作响的声音越来越大了，即便风静了也没有停歇下来。一只像钢铁一般的手落在了蕾切尔的肩上，就像来自天堂的一道闪电。她倒了下去，小草掠过她的眼边，钻进了她的嘴巴和耳朵。透过摇晃的草茎，她看到天空下一个模糊的庞大身影。那是海伦站在她的眼前。她在地上滚来滚去，一会儿只能看见树林的葱郁，一会儿又看见了湛蓝的天空；她说不出话，几乎失去了知觉。最后她停了下来，大口喘着气，把身边的草丛吹得摇摇晃晃。在她的上方出现了两个人头，一个男人、一个女人，那是特伦斯和海伦。

他们两人都双颊通红，大笑着，嘴唇一直在动；他们一起走过来，在她的上方行了亲吻礼。她在地上听到了断断续续的谈话片段。她觉得自己听到了两人在谈论爱情，然后是婚姻。她抬起身体坐了起来，感受到了海伦柔软的身体，强劲并充满热情的手臂，幸福感在一股巨浪中膨胀与破碎。当一切消失殆尽，绿草再次低垂，天空恢复平坦，大地回归平展，树木保持矗立，她最先察觉到远处站着一排人影。她一时想不起他们是谁了。

“他们是谁？”她问道，然后想起来了。

他们跟在弗拉辛先生后面，小心翼翼地保持着从他的靴子到她的裙子间至少三码远的距离。

他带着他们穿过了河岸旁的一片绿地，紧接着又穿过了一片小树林，嘱咐大家注意观察人类居住的痕迹：发黑的草丛，烧焦了的树桩，在树林的那一头还有奇形怪状的木巢堆积在一起，在树木间组成了一个拱门。这就是他们旅途终点的村庄。

他们一边小心翼翼地走着，一边观察着蹲在地上的女人们。她们排成了三角形，手里在忙活着，不是在编织稻草，就是把什么东西捏成碗的形状。他们观察了片刻，并没有被发现。过了一会儿有人注意到了他们。弗拉辛先生走到空地中央，和一个瘦瘦高高的男人交谈了起来，他的骨架和脸上的凹陷，都让这位英国人的身材显得既丑陋又不匀称。女人们并没有在意陌生人的接近，她们只是暂时停下了手中的活儿，眯着眼，面无表情地打量和注视着他们。他们之间相隔得很远，远得几乎无法交谈。随后她们重新开始忙活起来，不过眼睛依然盯着他们，盯着他们挪动着脚步，盯着他们窥视着小屋角落中的枪支、地上的碗和一摞摞的草堆；在薄暮中，孩子们注视着他们，老妇人也同样注视着他们。当他们漫步闲游时，那一双双眼睛紧紧跟随着，打量着他们的双腿、身躯和脑袋，充满好奇，毫无恶意，就像冬季趴在身上的苍蝇。当女人把披巾拿开，用乳房哺乳婴儿的时候，她的视线也从未离开过他们的脸庞。他们在女人的注视下动作都变得笨拙起来，最终只好转身离开，不好意思再站在原地盯着她。在分发糖果的时候，当地人伸出了一只只红色的大手，让他们感觉自己就如同是站在温柔的原始人中间、衣着整洁、迈着笨拙步伐的士兵。但很快，整个村子的人都不再理会他们了，因为他们已经融入了村子。女人们又开始忙起手中的编织活儿，她们的目光也落了下来。他们再起身活动的时候，要么是从茅屋里取什么东西，要么是逮着一个走失的小孩，要么就是头顶一个罐子在空地上穿梭；每当他们开口说话，就会传来尖锐、晦涩的喊叫。一个小孩挨揍了，哭喊的声音此起彼伏，随后又平息了下去；歌声响起了，那声音时高时低，最后在一些低沉、哀伤的音节上降了下来。特伦斯和蕾切尔一直在寻找着对方，最终他们在一棵树下相遇了。他们起初觉得那些女人的目光平和而美丽，现在却让他们感到寒冷和阴郁。

“那么，”特伦斯长长地叹了一口气，“我们看起来很渺小，是不是？”

蕾切尔表示同意。那些坐在树下的女人、那树木和那河流，她说道，这场景将会永远持续下去。他们转过身，开始在树林之中散步。他们的手臂相互缠绕，并不惧怕被人发现。还没走多远，他们就开始相互坦白彼此相爱、幸福、满足的感受；但是为什么相爱是如此痛苦？为什么幸福之中夹杂着这么多苦涩呢？

村里的景象确实对大家产生了奇妙的影响，尽管方式不尽相同。圣约翰离开了人群，独自沿着河流散着步，沉浸在自己苦涩的不安思绪中，因为他感到很孤独。而海伦一个人与一群当地妇女站在了太阳下，似乎预感到了某种灾祸即将发生。她的耳中充满了某种野兽由树干蹿向树梢时发出的高一声低一声的叫喊。在树林间漫步的人影看上去是那么渺小！她突然清晰地注意到那纤细的树干，细长的叶脉，以及男男女女精致的身躯。与参天大树和汹涌波涛相比，这些都显得如此脆弱。落在地上的树枝会被大地吞噬，一步没踩稳就会掉进水中被波涛淹没。她这样想着，双眼一直紧张地盯着那对恋人，好像如此这般便能保佑他们脱离厄运。她一转身，发现弗拉辛夫妇在她身旁。

他们在讨论刚刚买到的东西是否真的来自古代，以及这里有没有受到欧洲影响的迹象。海伦被吸引了。她看了看一枚胸针和一对耳环，嘴里一直在向他们抱怨着这次出游不该走这么远，把自己完全暴露在野外。然后她重新打起了精神，想要说说话，但是忽然她的眼前浮现出了一幅画面：在正午的英国河流中，有一艘小船翻了。她明白，想象到这样的画面是一种病态的表现；但她仍然在树林间搜寻着其他人的身影，不管看到谁都目不转睛地盯着，希望以此来帮助他们免除灾祸。

随着太阳渐渐落山，汽船调转了方向，开始朝着文明世界返航。她的担忧此刻再一次无影无踪了。在半明半暗的甲板上，人们坐在椅子上，显得有棱有角，一个个小亮点代表着他们嘴唇的方位，随着他们将雪茄或香烟在嘴边拿上拿下，他们的胳膊就围绕着这些小亮点忽上忽下。语言在夜色中穿梭，却无处安放，似乎缺乏旺盛活力和具体实质。从弗拉辛太太泛白的身影可以看出，尽管氛围中有一丝压抑，景色依然令人惊叹。这一天漫长又炎热，而现在所有的色彩都被抹去了，夜晚凉爽的空气轻轻地抚摸并合上了人们的眼帘。显然，圣约翰·赫斯特的几句哲思迷失了方向，久久地飘荡在空中，直到被一个哈欠吞没，便完完全全地消失了。大家活动活动腿脚，嘟囔着准备睡觉了。

泛白的身影开始挪动起来，随后逐渐地被拉长，最终消失。而在几次踱步之后，圣约翰和弗拉辛先生也消失了，留下了三把椅子和三个沉默的背影。伴随着高高悬挂在桅杆上的灯光和天空中惨白的星光，依稀可以看清三人的身形，却辨认不出特征；即使是在这片黑暗之中，其他人的离开也会让他们彼此之间越发亲近，因为他们都在想着同一件事。在沉默了一阵后，海伦叹了口气，说道："所以你们两人都很高兴吗？"

似乎受到了空气的洗礼，她的声音听起来比以往都要真切和温柔。一个声音从不远处飘来，回答了她："是的。"

她透过黑夜看着他们两人，努力地辨认哪一个是他。她还有什么可说的呢？蕾切尔已经远远超出自己的监护范围了，她可能会听取建议，但再也不会达到二十四小时前的那种效果了。不管怎样，海伦在睡觉前还是理应发表一番言论的。她很想说说话，但她又因为感到自己出奇的苍老而沮丧。

"你们知道自己在做什么吗？"她质问道，"她还年轻，你们都还年轻；而婚姻——"她在这里停顿了一下。不过那两人用诚挚的语气拜托她，让她继续说下去，似乎他们非常渴望听到建议，于是她补充道：

“婚姻！可不是儿戏。”

“这正是我们渴望了解的。”他们回答道。她猜测现在两人正在互相望着对方。

“这取决于你们二人。”她说。她把脸转向了特伦斯，尽管他几乎看不清她，但还是相信她真心想要了解他。他从半躺着的姿势站起身来，告诉了她想知道的那些事情。他尽量轻声细语地说着，以此消除她的消沉。

“我二十七岁了，一年大概有七百磅的收入，”他说道，“我的脾气总体很好，健康状况也很棒，尽管赫斯特说我有患痛风的趋势。另外，我觉得自己十分聪明。”他停顿了一下，似乎是在等待肯定。

海伦附和了他，表示同意。

“然而，很不走运，我很懒。如果蕾切尔可以的话，我希望她在这方面不要太较真——你觉得我在其他方面整体还让人满意吗？”他害羞地问道。

“是的，我喜欢自己目前所了解的你。”海伦回答道。

“但是——人们知道得太少了。”

“我们以后会住在伦敦，”他继续说道，“而且——”他们俩突然异口同声地问道，她是否认为他们二人是她所认识的所有人中最幸福的一对。

“嘘——”她制止了他们，“弗拉辛太太，别忘了。她就在我们身后呢。”

他们不说话了。特伦斯和蕾切尔本能地察觉到，他们的幸福让她十分悲伤。因此尽管他们急切地想要继续谈论自己，却不愿再说下去了。

“我们聊了太多自己的事情了，”特伦斯说道。“给我们讲讲——”

“对啊，给我们说说——”蕾切尔附和道。他们都期待她能够说出一些深刻的哲思。

“我有什么可以告诉你们的呢？”海伦思考着。她的语气更像是喋喋不休的自言自语，而不是通报消息的女预言家。她最后强迫自己开了口。

“不管怎么说，虽然我经常责骂蕾切尔，不过我自己也不怎么睿智。诚然，我年纪大了，半截身子已经埋入了黄土，而你们才刚刚开始人生。这很令人困惑——

有时候我觉得有些失望；好事也许并不像期待中的那样美好——但很有趣。噢，对了，你肯定会觉得很有趣的——生活就是这样继续的，”这时，他们注意到了眼前略过的一排黑乎乎的大树，而此时海伦也在望着它们，“这当中还有人们意想不到的乐趣（你必须得给你的父亲写信），你会非常幸福的，我对此深信不疑。我得睡了，你们要是明智的话，十分钟后再继续聊天。那就这样吧，”她起身站在他们面前，显得十分高大，几乎无法让人辨认出来，“晚安。”她说着消失在了帘子后面。

在静静地坐了十分钟以后，他们看到了海伦的示意，于是两人起身扶靠在栏杆上。在他们下方，黑色的河水静静地无声流过，闪烁的烟头经过他们的身旁之后熄灭在了黑暗中。“多么美妙的声音。”特伦斯嘟哝着。

蕾切尔表示赞同。海伦的声音的确非常优美。

沉默了一会儿以后，她抬头望着天空，问道，“我们是在南美河流上行驶的汽船的甲板上吗？我是蕾切尔吗？而你又是特伦斯吗？”

庞大的黑色世界笼罩着他们。当他们被这片黑暗完全淹没的时候，四周似乎增添了一种厚重和坚忍。他们能辨认出尖尖的树梢和圆钝的树梢。他们抬头望向树木的上方，凝视着漫天繁星和暗淡的广阔天空。远处闪烁着点点寒光，久久吸引着他们的视线。这让他们感觉自己好像已经在这里逗留了很长时间，而他们之间似乎相隔了遥远的距离，直到他们再次意识到自己的手还在紧紧抓着栏杆，并排站在一起。

“你已经完全把我忘了，”特伦斯责备了她一句，拉着她的胳膊开始在甲板上漫步，“而我从没忘记过你。”

“噢，不是的。”她小声说着，她没有忘记他，只是这星空……这夜晚……这片黑暗……

“你就像是一只在巢里半睡半醒的小鸟，蕾切尔。你在睡梦中。你说的都是梦话。”

他们处于似睡非睡的状态中，站在船头低声说着一些只言片语。小船沿着河水顺流而下。突然桥上传来了一声钟响，紧接着他们听到河水在小船两侧流过时拍击船身所发出的响动。被惊醒的鸟儿发出了叽叽喳喳的叫声，转而飞到另一棵树上，又安静了下来。大片的黑暗继续降临在每个角落，他们几乎失去了所有感觉，只能意识到他们此刻正一同站立在这片黑暗之中。

第二十二章

黑夜降临，却又会散去。随着时间一天天在广袤的大地上铺开，他们距离那片迫使彼此互诉衷肠的森林越来越远，他们的心愿却变得人尽皆知。然而，在这过程中，他们产生了一丝异样的感觉。显而易见，所发生的并不是什么非同寻常的事情；只是两人订个婚而已。但这个由宾馆和别墅所组成的世界为两人的订婚而倍感欢欣鼓舞。并且还让他们认识到，世界的有序运行并不需要他们出什么力，有时甚至都不需要他们的出现。因而他们拥有了大量二人独处的时光，甚至感受到了一种寂静，那种寂静就如同在宽敞的教堂游玩时突然被关在了里面。他们一起散步，一起闲坐，一起寻找有着无人采撷的花朵、形单影只的树木的秘密地点。在这些人迹罕至的地方，他们可以表达那些美好而又宏大的心愿，而这些心愿对其他男男女女来说却显得尤其古怪——是关于一个世界的心愿，一个只包含他们二人、属于他们自己的世界。在那里，人与人之间亲密无间，以美好品质作为评判一个人的标准，并且从不争吵，因为那不过是浪费时间罢了。

他们会讨论书中的这类问题，或在太阳下，或坐在树荫下，不受任何人的打扰。他们不再感到尴尬，也不再因为词不达意而语塞；他们不再畏惧对方，就像沿着河流蜿蜒而下的旅行者一样，当飘过一个拐角后，为眼前突如其来的美景所倾倒；意外惊喜不断发生，即使是平凡的小事也会令他们欢欣不已；另外还有很多方面都令他们感到欣喜若狂和不可思议。平凡之事也会令他们感到耳目一新，也同样需要他们付出努力才能够完成。而在这种情况下，努力不能算得上是努力，而是一种乐趣。

当蕾切尔弹钢琴的时候，特伦斯坐在她的旁边。他不由自主地用铅笔在纸上写下了“订婚”这个词。既然他和蕾切尔已经订了婚，特伦斯畅想着他们的婚后世界将会是什么样子的。世界当然会有所不同。名为《寂静》的这本书，此时也已经与过去不尽相同了。他有时会放下笔，望向前方，思索着世界会在哪些方面有所不同——它可能会更加坚固，更有条理，更加重要，更加深刻。不知道为什么，泥土在他的眼中都显得非常深刻；它没有形成山丘、城市和田野，而是大团大团地堆积在一起。他向窗外眺望了十分钟，发觉自己并不喜欢空无一人的土地。他喜欢人类——他喜欢他们，他猜想，喜爱的程度超过了蕾切尔。此刻她正在那边充满激情地拂动着音律，似乎已经完全忘记了他——但是他喜欢她这个样子。他喜欢她由心而生的那种忘我状态。最终，他写下了几个短句，又在后面画上了几个问号，然后大声地朗读了出来，"'女人们——'在这个标题下我写了：'她们并不比男人更加虚荣。缺乏自信是她们最严重的缺点。她们对自己性别的不认同，是约定俗成还是有事实依据？作为乐观主义者，女人都不在乎这些，因为她们都从不思考。'你怎么看，蕾切尔？"他膝上放着一张纸，停下了手中的笔。

蕾切尔一句话也没有说。她正要将贝多芬的奏鸣曲推向高潮，就像一个正在荒废的楼梯上奋力攀爬的人，一开始充满活力，然后越来越吃力，直到最后精疲力竭再也无法前进一步，又迅速地回到了起点准备重新开始。

“‘还有，现在流行的说法是，女人比男人更加实际，更缺乏理想主义，她们拥有很强的组织能力，却没有荣誉感’——我有个疑问，什么是男人的荣誉感？——在你们女人当中相当于什么呢？嗯？”

蕾切尔再一次错过了揭露女性内心的机会，依旧沉浸在音乐阶梯的攀爬中。迄今为止，她在追求智慧方面确实取得了很大的进步，以至于这类说法对她来说已经无关紧要了；这似乎只能留给下一代人去探讨哲学了。

左手弹奏完最后一个和弦后，她终于转过身对他大声说道：

“不，特伦斯，这样不好；我现在是南美最棒的音乐家，更不用说欧洲和亚洲了，你却在这儿每隔一秒就打断我一次，让我一个音符都弹不出来。”

“你似乎没有意识到，这就是我前半个小时所作所为的目的，”他说道，“我对美妙简单的旋律没有意见——的确，我觉得它们有利于我的文学创作，但你弹的这个就像在雨中靠后腿蹦跶的老狗。”

他开始翻阅散落在桌子上的小纸片，上面写着他们朋友的贺词。

“‘——为你们的全部幸福送上我的全部祝福，’”他朗读道；“写得不错，但是不够生动，你说是不是？”

“全是胡说八道！”蕾切尔大声说道，“想想可以与音乐相提并论的词句吧！”她继续说着，“想想小说、戏剧还有历史——”她坐在桌子边上，轻蔑地胡乱翻着红色和黄色的书籍。她似乎认为自己有资格蔑视人类的一切学识。特伦斯看了看这些书。

“天啊，蕾切尔，你读的书真是糟糕！”他大声叫道，“还有，你也已经落伍了，亲爱的。现在没有人想看这种书——过时的戏剧，对伦敦东区悲惨生活的描述——噢，不，这些东西已经被写烂了。读读诗歌吧，蕾切尔，诗歌，诗歌，诗歌！”

他拿起一本书，开始大声朗读起来，想要讽刺作家狗吠似的语言；但她丝毫没有在意，在沉思片刻后大声地说道：

“特伦斯，你有没有想过，整个世界都是由一块块巨大的物质构成，而我们只不过是一片片的光斑而已——”她看着地毯和墙壁上摇曳的太阳光点，“就像它们一样？”

“不对，”特伦斯说，“我感到了真实；极其真实；我的椅子腿可能已经深深扎入了大地中心。在剑桥，我记得人们有时会在清晨五点左右陷入一种荒谬的半昏迷状态。就像赫斯特现在这样，我觉得——噢，不，赫斯特不会。”

蕾切尔继续说道,“那天接到你邀请我们野餐的字条时，我就坐在你现在坐的地方思考；我能否再像那样思考呢？这个世界是不是变了？如果是的话,那改变什么时候停止？而哪一个又才是真实的世界？”

“当我第一次见到你的时候，”他开始说道，“我认为你一辈子都会与珠宝和老年人为伴。你的手湿湿的，还记得吗？而且你一直沉默不语，直到我给了你一块面包之后，你才开口说了一句，‘人类啊！’”

“因为我原本以为你是一个——自命不凡的人，”她回忆道，“不，事实却不是如此。那时大家在谈论蚂蚁，而我原本以为你和圣约翰就像这些蚂蚁一样——又大又丑，精力充沛，炫耀着自己的优点。然而，当和你交谈的时候，我就喜欢上了你——”

“你爱上了我，”他纠正她，“你一直都爱着我，只是你自己不知道而已。”

“不，我从来没有爱上你。”她坚定地说道。

“蕾切尔——这谎言太明显了，难道你没有静静坐在那儿看向我的窗户，难道你没有像白天的猫头鹰一样在宾馆里四处乱撞吗？”

“没有，”她重复了一遍，“我从没有坠入爱河，如果坠入爱河就像世人们所说的那样，那这个世界就一直在说谎，只有我道出了真相。噢，弥天大谎——弥天大谎！”

她把一摞信件揉成了一团，有来自伊芙琳·M的，有佩珀先生的，有索恩伯里太太的，有艾伦小姐的，还有苏珊·沃林顿的。奇怪的是，这些人虽形形色色、风格迥异，而他们写给自己的订婚贺词却都大同小异。

如果这些人当中有一个能与蕾切尔感同身受，或者曾经有过她的这种感受，又或者哪怕只有一秒钟的时间假装自己与她感同身受的话，蕾切尔也会感到十分惊骇，就如同那教堂的礼拜，或是那医院护士的脸庞一样；而如果他们什么都没有感觉到的话，为什么还要装模作样呢？她身上年轻人特有的单纯、傲慢和棱角，现在聚集成了一串火花，就如同她对他的爱一样，让特伦斯感到迷惑；订婚都没有让他产生这样的情绪；世界的确不同以往了，改变的方式却没有与他期待的一致；他依然在寻求长久以来一直渴望的东西，特别是他人的陪伴，这种渴望前所未有的强烈。他夺过她手中的信，抗议道：

“世人当然荒谬，蕾切尔；他们当然会人云亦云，但是即使这样，艾伦小姐也还是一个好女人；这点你无法否认；还有索恩伯里太太也是一样；我可以告诉你，她的孩子实在太多了，不过如果其中有半打孩子没有平步青云，而是步入歧途的话，她的美丽难道就会消失吗？弗拉辛口中的那种天然与单纯就会消失吗？她难道不像一棵在月光下低吟的老树，或者一条蜿蜒不绝的清流吗？顺便提一下，拉尔夫被选为了卡罗维岛的地方官——他是有史以来就职的最年轻的地方官；多好的事啊，是不是？”

但是此刻，蕾切尔无法想象这世界上绝大多数的事情都与她的命运没有一丝一毫的联系。

“我可不会生十一个孩子的，”她坚定地说道，“我也不会有那种老女人的眼神。她看人总会不断地上下打量，好像对方是匹马似的。”

“我们一定要有一儿一女，”特伦斯说着把信放了下来，“因为，首先不用说，我们的孩子有着无与伦比的优势，他们会衣食无忧地长大。”他们继续勾勒着理想的教育模式——他们的女儿从小就会被要求观察巨大的蓝色纸板，这是为了培养思维的无限性，因为女人们在成人后就会变得实际；而他们的儿子——应当被教会如何取笑伟人，取笑那些出众的成功男人，取笑那些身着锦服、有建树的男人。他不能和（蕾切尔补充道）圣约翰·赫斯特有一丝一毫的相像之处。

说到这里，特伦斯开始对圣约翰·赫斯特大加赞赏。他说自己十分确信赫斯特拥有优秀的品质；他宣称，赫斯特对待虚假之事如同鱼雷一般。如果没有他，或者像他一样的人，我们会有什么样的下场呢？也许会在野草丛中奄奄一息；基督徒，盲从者——就连蕾切尔自己都会变成给昏昏欲睡的男人们摇扇唱歌的奴隶。

“但你就是不明白！”他大声说道，“因为纵然你有种种美德，但是你从来不去，也永远不会去追求真理！你对真理不够尊重，蕾切尔；你是个彻头彻尾的女人。”她没有费心去否认他说的话，也不想说出一套无可辩驳的观点打消他这样的想法。圣约翰·赫斯特说她正深爱着他，她永远无法原谅这一点，但男人对这类争论不屑一顾。

“但是我喜欢他。”她说道。她想了想，其实她也很可怜他，就像怜悯被温暖、神秘、变化莫测又充满奇迹的世界拒之门外的不幸之人一样；她觉得，身为圣约翰·赫斯特，人生一定非常无聊。

她最后把自己对他的感受总结了一下：如果他希望自己吻他的话，虽然这假设不大可能发生，她是不会同意的。

似乎这假设让他们对赫斯特充满了愧疚。特伦斯抗议道：

“和赫斯特相比，我完全就是一个小丑。”

时钟的指针走过了十一点，指向了十二点。

“我们荒废了这个上午——我本应当写我的书，而你本应回这些信的。”

“我们只剩下二十一个清晨了，”蕾切尔说，“我的父亲那一两天会来接我。”

然而，她还是把纸笔摆在了面前，开始费力地书写起来，“我亲爱的伊芙琳——”

与此同时，特伦斯在读一本别人写的小说，他发现这么做有助于自己的文学创作。有那么一段时间，除了钟表的滴答声和蕾切尔断断续续的写字声以外，没有其他一点声响。她发现自己写的内容居然与刚刚谴责的东西十分相似。她被自己吓了一跳，于是停下笔，抬起了头；她看着深陷在扶手椅中的特伦斯，看着四周不同的家具，看着她角落里的那张床，看着窗外参天大树的节节树枝，听着钟表的滴答声，惊奇地发现这一切与她手中的纸张隔着一条深渊。难道这个世界曾经不是一个不可分割的整体吗？但即使是特伦斯——他们之间也相隔得那么遥远，对他脑子里面在想些什么她一无所知！她写完了一句又蹩脚又差劲的句子：“我们都很幸福，可能在秋天完婚，以后会居住在伦敦，希望你能来看望我们。”思索片刻后，她选择用“你挚爱的，”[1]而不是“你忠诚的，”来落款。随后她又顽强

① 落款“你挚爱的(affectionately)”一般用于比较亲密的朋友或亲人之间。

地准备开始回下一封信。这个时候特伦斯开口了，他在引用书中的内容：

“听听这个，蕾切尔。‘休（书中的主人公，一位文学家）在他结婚的时候，如同其他年轻男士一样，还没有意识到那道将男人和女人之间的需求和欲望分隔开的深渊……起初，他们在一起非常的幸福。在瑞士的徒步旅行对他们来说是一次彼此相伴的愉快经历，也增进了彼此之间的了解。贝蒂证明了自己是一位理想的伴侣……他们在里菲恩霍恩[①]白雪皑皑的山坡上，遥相呼喊着《爱在山谷》[②]’（还有许多诸如此类的情节——我先跳过这段描述）……‘但是回到伦敦，在男孩出生后，一切都改变了。贝蒂是一个令人尊敬的母亲；但是不久后她就发现身为人母，和上层中产阶级的母亲所理解的一样，并没有消耗掉她全部的精力。她还年轻，身强体壮，四肢强健，心有余力……’（简单来说，她开始举办茶会了。）‘丈

① 里菲恩霍恩（Riffelhorn）：本宁阿尔卑斯山脉的一座高山，位于瑞士。
② 《爱在山谷》（*Love in the Valley*）：英国维多利亚时代诗人、小说家乔治·梅瑞狄斯的一首诗。

夫和老鲍勃·墨菲在墨菲那烟雾缭绕、书籍琳琅满目的房间里聊了个痛快，很晚才回到了家。回家路上的嘈杂之音在脑海中回荡，伦敦灰蒙蒙的天空也给他的心灵蒙上了一层阴影……就在这时，他发现他的文件堆中散落着女士的帽子。大厅里还有女士的围巾、夸张的女鞋，还有雨伞……随后，账单开始涌了进来……他想要坦诚地与她交流一番。然而他却看到她躺在卧室里那张珍贵的北极熊皮上，半裸着身子，因为他们刚刚在威尔顿新月街[①]和格林一家共进晚餐，壁炉里红润的火光把她光滑的手臂上，还有美妙的胸部上的钻石映照得一闪一闪——浑身散发着迷人的女性特质。于是他原谅了她做的一切。'（然而，这令事情越来越糟糕，大约在五十页后，休买了张周末去斯沃尼奇[②]的票，并且他'独自一人前往科夫[③]的高地'……我们再跳过十五页的内容。最后的结论是……）他们是截然不同

① 威尔顿新月街（Wilton Crescent）：位于英国伦敦贝尔格莱维亚区的一条街道。

② 斯沃尼奇（Swanage）：位于英国南部多塞特郡的一个海滨城市和民政教区。

③ 科夫（Corfe）：位于英国西南部萨默塞特郡的一个小村庄和民政教区。

的。也许，在遥远的未来，当一代代的男人与现在的他一样，历经奋斗挣扎却又一败涂地后，女人们依然与她们现在装出的样子一样——是男人们的朋友和伙伴，而不是敌人和寄生虫。’”

“你看，故事的结局就是，休这个可怜人回到了妻子身边。这是他作为一个已婚男人的责任。天啊，蕾切尔，”他最后说道，“我们结婚后也会变成这样吗？”

她并没有回答他，而是开口问道，

“人们为什么不写写自己真实的感受呢？”

“啊，这才困难呢！”他叹着气说道，把书扔到了一边。

“那么，我们结婚后会是什么样子的呢？人们的真实感受又是什么呢？”

似乎她的心中充满了疑问。

“来坐在地板上，让我好好看看你。”他指挥道。蕾切尔把下巴搁在他的膝盖上，直直地看着他。

他好奇地打量着她。

“你算不上美丽，”他开口说道，“但我喜欢你的面容。我喜欢你头发垂下的样子，还有你的眼睛——从不把任何东西放在眼里。你的嘴巴太大，还有，你的脸颊如果可以增添一点气色就更好了。不过我真正喜欢这张脸的原因，是因为它能引人猜想你究竟在想些什么鬼东西，它让我想要这么做——”他握紧了拳头，在她的身边挥舞起来，吓得她直往后退，“因为你现在就像要炸掉我的脑袋。有那么几次，”他继续说道，“要是我们一起站在礁石上的话，你好像是要把我扔进海里。”

她仿佛被他的眼神催眠了似的，重复道，“如果我们一起站在礁石上的话——”

被扔进海里，随着海浪的冲刷四处游荡，然后在世界的起源之处随波逐流——这种想法给她带来了一种支离破碎的愉悦。她跳了起来，开始在房间里四处走动，在桌椅板凳之间来回穿梭，好像她真的正在海里乘风破浪一般。他饶有兴致地看着她，她似乎在为自己开辟一条道路，并且要化解掉道路上的一切艰难险阻。

“这确实是有可能的！”他大叫道，“尽管我一直认为这是世界上最不可能发生的事情——我将全心全意地爱你，我们的婚姻将会成为有史以来最激动人心的事情！我们之间绝对不会存在片刻的安宁——”他们想象着岩石和岩石下面的海水。当她经过他的身旁时，他一把将她拥入怀中，开始想象中的奋力抗争。最后她倒在了地上，躺在那里喘着粗气，大声求饶。

“我是一条美人鱼！我可以游泳，”她大声说道，“所以游戏结束了。”她的裙子被撕裂了，而此时迎来了片刻的安宁，于是她拿起了针线，开始缝补裂口。

“那么现在，”她说，“别再吵吵闹闹的了，给我讲讲这世界吧，把过去发生过的所有事情都跟我说说，我也会给你讲讲——让我想想，我可以给你讲些什么呢？我会给你讲讲蒙哥马利小姐和海上派对。船开动了，她却被落下了，当时她一只脚在船上，一只脚却在岸上。”

他们已经花费了很多时间交流彼此的过往生活、朋友们的性格与关系，因此特伦斯不仅很快就弄清楚了在每个场合蕾切尔的姑妈都会说些什么，还知道了她们卧室装潢是什么风格的，以及她们戴的是什么样的软帽。他可以加入亨特太太和蕾切尔的谈话，还可以举办一场茶会，邀请威廉·约翰逊牧师和麦阔伊德小姐这两位接近真理的基督教科学派成员[①]。然而他认识的人可要多得多，而且叙事能力也要比蕾切尔高明得多。蕾切尔的大部分经历都只不过是充满着孩童般的好奇与幽默，因此她通常是在倾听与提问。

他不仅向蕾切尔讲述了发生过的事情，还说出了他的思考和感想，并且为她描绘出了让她心驰神往的其他男男女女的所思所想。因此她此刻非常渴望回到熙熙攘攘的英国，在那里她可以单纯地挤在街头看着人头攒动。而且，据特伦斯所说，这世间存在着某种规律和模式，维持着生活的有序运转。也许这个想法有些荒唐，但无论如何，还是蕴藏了无尽的乐趣，因为这似乎让他们理解了事情如此发生的背后原因。世人也不像她所坚信的那样孤僻和难以交流。她应该找找虚荣心——因为虚荣是一种人之常情——首先在自己的身上找找，然后是海伦、里德利、圣约翰，他们都有虚荣心——然后她就会发现，每遇到十二个人中

---

① 基督科学教会（Christian Science）：美国人玛丽·贝克·艾迪在1879年创立的教派。该教派认为物质是虚幻的，罪行、疾病和死亡都与上帝无关，真理存在于精神层面。此教义在基督教众多教派中存在争议。

就有十个存在着虚荣心；一旦她将这些联系到一起，就会发现世人并不那么遗世独立和难以接近，他们其实与自己别无二致，而当她意识到这一点后，就会爱上他们。

如果要否认这个观点，她就必须要捍卫住自己的信仰：人类和动物园的猛兽一样，都是形形色色的，有的长着斑纹和鬃毛，有的长着角和驼峰。按照这种思路，在对他们所有相识的人进行一番考虑和比较，以及延伸出各种轶事、说法和推测后，他们增进了彼此之间的了解。时间过得飞快，对他们来说这段时间已经充实得快要濒临极限了。而经过了一个晚上的独处后，他们与往常一样整装待发了。

安布罗斯太太一度相信，在男女的自由交谈间确实流淌着美好，虽然和她设想的并不完全一致。他们没有把重心放到性别的本质上，而是专注于诗歌的本质。漫无边界的交谈的确会令女孩本来小得出奇的天真看法变得更有深度，更加开阔。作为对他所述内容的回报，蕾切尔给他带来了无比新奇与敏锐的观点，以至于他开始怀疑阅读和生活赋予他的能否与欢愉和痛楚的经历相提并论。除了就像街上训练有素的小狗那样可笑的、一本正经的平和状态，这些经历还能给她带来些什么呢？他看着她的脸，想象着它二十年后会是什么样子：会不会那时的眼神已经变得麻木，而额头上也会多出几道少时无法看透、只有人到中年面对沧桑后才能参悟的皱纹？而他们面临的困难又是什么呢？随后他的思绪又转向了两人在英国的生活。

一想到在英国的生活，他的心中就充满了喜悦之情，因为他们两个可以一起用新鲜的视角来观察那些陈旧的事物；那会儿的英国正值六月，在乡间的夜晚可以听到夜莺在小巷里歌唱；当屋里太过燥热的时候，他们也可以偷偷溜进小巷纳凉；在那英国的牧场之中，水面波光粼粼，奶牛成群结队，天上低垂的云层缓缓地掠过绿色的山丘。当与蕾切尔一同坐在屋里的时候，他经常渴望能够回到充实的生活中去，和蕾切尔一起忙碌起来。

他走到窗前，大声说道，“天啊，想想那些小巷，充满泥泞，长满了荆棘和荨麻，那感觉是多么美好！你知道的，还有真正的草场，和养着猪和奶牛的农场，人们散步的时候会经过装着草叉的推车，这个地方完全无法与之相提并论——看看那岩石遍布的红色土地，亮丽的蓝色海洋，以及耀眼的白色房屋——多么让人厌倦！这里的空气也没有一丝一毫的瑕疵。我愿意放弃一切来换取海上的一丝薄雾。”

蕾切尔也在畅想着英国的乡村：平坦的大地一路绵延起伏地延伸至海边，还有树林和又长又直的马路，走上好几英里都见不到一个人影，以及教堂的高大塔楼和造型奇特的房屋在山谷里聚集，还有小鸟，还有黄昏，还有拍打着窗户的雨点。

“伦敦，伦敦是最好的。”特伦斯继续说道。他们一起看向了地毯，就好像伦敦那些屋顶和塔尖穿过了层层浓雾，在地板上清晰可见似的。

“总的来说，此时此刻我最想做的事情，”特伦斯沉思着说，“就是沿着金斯韦路[①]散步，经过那些大公告栏，你知道的，紧接着就转进海滨大道。也许我会去看一眼滑铁卢大桥[②]。接下来我会沿着海滨大道漫步，经过那些装满新书的书店，穿过小拱门进入神庙。在经过喧嚣后我总是

---

① 金斯韦路（Kingsway）：位于英国伦敦中央区域的一条主街道。
② 滑铁卢桥（Waterloo Bridge）：英国伦敦横跨泰晤士河的一座桥梁。

喜欢在那里寻求宁静。你可以猛地听到自己清晰的脚步声。神庙让人感到十分开心。我想我应该去看看亲爱的老霍奇金——你知道，他就是写关于凡·艾克[1]那本书的人。当我离开英国的时候，他正在为一只听话的喜鹊悲伤。他怀疑有人下毒害死了它。罗素就住在旁边的楼梯间。我觉得你会喜欢他。他对韩德尔[2]十分痴迷。好吧，蕾切尔，”他将自己从伦敦的思绪中抽离出来，最后说道，“六周后我们就要一起做这些事情了，那时正值六月中旬——伦敦的六月——我的天啊！这一切多么令人愉快！”

“我们也会感到愉快的，”她说，“我们的期望并没有很高——仅仅是顺其自然，水到渠成。”

“只是期待一年有一千英镑，并且拥有完美的自由，”他回答说，“你觉得在伦敦有多少人有幸拥有这样的生活？”

“你已经把气氛破坏掉了，”她抱怨道，“现在我们

① 扬·凡·艾克（Jan Van Eyck，1385 年—1441 年）：早期尼德兰画派最伟大的画家之一，被誉为“油画之父”。
② 乔治·腓特烈·韩德尔（George Frederick Handel，1685 年—1759 年）：德国作曲家，与巴哈并称为巴洛克音乐里最伟大的作曲家，被誉为“圣乐之祖”。

得想想那些讨厌的事情了。”她不情愿地看着那本曾经给她带来一小时不快体验的小说，自那以后她再也没有翻开过它，只是一直将它放在她的桌子上，偶尔瞧上一两眼，就如同是中世纪的修道士保存的一颗头颅或一幅耶稣受难像，用来提醒自己关于人类的脆弱。

“这是真的吗，特伦斯，”她向他提问，“女人们死后脸颊会爬满臭虫吗？”

“我认为很有可能，”他说，“你得承认，蕾切尔，我们除了自身以外很少考虑其他事物，因此偶尔袭来的一阵痛苦其实是一种令人喜悦的体验。”

她指责他那愤世嫉俗的态度，认为它和多愁善感一样的糟糕。随后起身从他的身边离开，跪在窗台上，用手指把玩着窗帘下的流苏。一种朦胧的不满情绪涌入了她的内心。

“这乡间最令人讨厌的，”她大声说道，“就是蓝色——永远都是蓝色的天空和蓝色的大海。就像窗帘——人们渴望的一切都藏在另一面。我想知道在那后面究竟都有些什么。我讨厌这些阻隔，难道你不是吗，特伦斯？人与人之间隔着无尽的黑暗。现在我喜欢达洛维夫妇了，”她继续道，

“但他们已经离开了。我永远也见不到他们了。从登上轮船的那一瞬间起，我们就将自己与其余的世界完全地隔绝了。我想要在这里看到英国，在那里看到伦敦——各式各样的人——为什么不能这样做呢？为什么要把自己关在房间里呢？”

她就如同是在自言自语一般，说得越来越含糊，因为此时她的目光被一艘刚刚驶入海湾的船只吸引了。她没有注意到特伦斯已经不再悠然自得地望着前方，而是带有几分不满、目光锐利地注视着她。在特伦斯看来，蕾切尔似乎可以轻易地与他一刀两断，然后前往遥远的未知之地——一个根本不需要他的地方。这种想法激起了他的妒忌之心。

“我有时候觉得你不爱我，而且永远也不会爱上我。”他激动地说道。一听到这番话，她就转回了身。

“我没能像你满足我那样满足你，”他继续说道，“我无法抓住你身上的某些东西。你对我的渴望不像我对你的那样强烈——你总是在渴望些其他的东西。”

他开始在房间里走来走去。

“也许是我的要求太高了，”他继续说道，“也许根本就不可能得到我想要的东西。男人和女人实在是太不一样了。你不会明白——你不会明白——”

迎着她默默注视的目光，他走到了她的面前。

在她看来，他所说的一切都是完全正确的。她想要的确实远远不止一个人的爱意——还有海洋和天空。她又转回了身子，凝视着远方的蔚蓝，海天相接的地方是如此光滑与平静。她所渴望的怎么会仅仅是一个人而已呢？

“难道是因为这该死的婚约？”他继续说道，“那我们就在这里结婚吧，在我们回去之前——还是因为这带来的风险太大？我们确定要与对方结婚吗？”

他们开始一同在房间中踱步，尽管他们在踱步的过程中彼此靠得很近，但还是小心翼翼地没有触碰对方。他们俩都被一股绝望的感受包围着。他们无能为力，他们之间的爱还无法帮助他们克服遇到的所有阻碍，而且他们再也得不到任何满足了。在无比敏锐地意识到这一点后，她走到他的面前，大声说道：

“那么就让我们解除它吧。”

这句话比任何争论都更加有效地将他们联结到了一起。

两人仿佛正站在悬崖边上，紧紧地拥抱在一起。他们知道彼此无法分离；尽管会很痛苦，很可怕，但他们永远地合为一体了。他们陷入了一阵沉默。过了一会儿，两人开始默不作声地慢慢挪动。仅仅是靠近彼此就让他们感到安心，而肩并肩坐在一起则令他们的分歧烟消云散了。整个世界似乎又一次变得真实而完整，并且奇怪的是，他们也变得更加强大，更加坚强了。

他们静静地坐了很久，而当他们之后挪动身体的时候，彼此都极不情愿。他们一同站在镜子前面，用梳子打理着自己，希望以此将一整个上午的感受都一扫而光，无论是痛苦还是幸福。但镜子里的形象让他们感到一阵战栗，因为他们看到的并不是两人的强大和亲密无间，而是渺小和彼此分离；除此以外，巨大的镜子还映照出了许多其他的东西。

第二十三章

然而，没有一把刷子能够完全擦去幸福的表情。所以当他们走下楼梯时，安布罗斯太太无法假装认为他们刚刚度过了一个可以被随意聊起的上午。因此，她也与其他人的看法保持了一致，认为他们此时并不具备料理生活的能力；而他们那种强烈的情感也使她感到震惊，从而产生了一种对生命的敌意；她花了好大工夫才将他们从自己的脑海中驱逐。

她想到，自己已经完成了现实中所有要做的事情。她已经写了一大堆信件，还获得了威洛比的许可。她时常思考着休伊特先生的前途，他的职业，他的出身、外貌以及性格，到最后她几乎忘了他究竟是个什么样的人。当她重拾思绪又看了他一眼后，总会再次陷入对他的思索中，最后她会得出结论：他们无论如何都会幸福的，随后便不再多想。

她更愿意去思索在未来三年将会发生什么，以及要是蕾切尔在她父亲的指导下离家闯荡的话又会怎么样。而最终的结果都是，她坦率地承认，可能会更好一些——但谁又知道呢？她从来没有试图让自己忽视特伦斯身上的缺点。她曾经认为他这个人太过简单，太过宽容，就像他认为她也许太吹毛求疵一样——不，其实只是因为她不懂得妥协。在某种程度上来说，她更喜欢圣约翰；当然，他永远也配不上蕾切尔。她和圣约翰之间已经产生了的友谊，因为虽然她一直在生气和开心之间起伏不定，但在某种程度上这也证明了她直率的性格。总的来说，她喜欢他的陪伴。他能够将她带离这个爱和情感的小世界。他对很多事情都了如指掌。比如说，要是英国突然有动作，朝着摩洛哥某个不知名的港口靠近[1]，圣约翰就知道背后的原因是什么，而且还会和她的丈夫针对财力和军事力量进行一番争论，这带给了她一种奇怪的安定感。她虽然没有一直倾听他们的

---

① 这里指的是二十世纪初期，法、德两国争夺摩洛哥所引起的第二次“摩洛哥危机”。当时英国派了一艘船到阿加迪尔港口（Agadir）。

争论，但心中充满了敬意，就像她尊敬一堵牢固的砖墙，或者一栋庞大的市政大楼一样。因为虽然是由这些建筑构建了我们城市中的主体，但它们是被一双双默默无闻的手年复一年、日复一日地建造而成的。她喜欢坐着聆听周遭。当那对订婚的情侣随着谈话的兴趣逐渐消失殆尽而悄悄溜出房间，跑去花园把花朵一瓣瓣地撕碎时，她甚至感觉到了一丝洋洋得意。她并不是妒忌他们，而是确确实实地羡慕他们未来即将拥有的未知的远大前程。她在餐厅摆弄着手中的水果，思绪就这样来回跳跃着。有时她会停下手中的动作，把一根由于燃烧的高温而变得弯曲的蜡烛给扳直，或者把摆放得过于死板的椅子给打乱摆放顺序。她怀疑契莱太太在他们不在的时候站在梯子的顶端拿着湿抹布摇摇晃晃地打扫过这里，因为这房间再也不是从前的样子了。第三次从餐厅回来后，她看到圣约翰坐在一张扶手椅上。他靠在椅背上，半睁着双眼，看起来和以往一样，穿着整洁得出奇的灰色西装，防御着随时可能会对他肆意妄为的异域气候。她的目光温柔地落在了他的身上，然后越过了他的头顶。最后，她坐在了他对面的椅子上。

“本来我不想过来的，”他终于开口说道，“但还是不得不过来……因为伊芙琳·M。”他抱怨道。

他坐了起来，开始用严肃而嘲讽的语气讲述那令人厌恶的女人如何一直吵着要嫁给他。

“她到处缠着我。今天早上她还在吸烟室里出现了。我能做的只有抓起帽子仓皇逃离。我本来不想过来，但是无法再忍受和她同处一室和一起吃饭了。”

“那么，我们必须充分利用这段时间。”海伦富有哲理地回答道。天气很热，他们也不在意漫长的沉默，因此他们惬意地躺在椅子上，等待着接下来即将发生的事情。午餐的钟声敲响了，但是房子中没有一丝响动。有什么新闻吗？海伦问道，报纸上写了什么吗？圣约翰摇了摇头。噢，对了，他有一封家里寄来的信，是他母亲写的，信中说一个客厅女仆自杀了。她的名字是苏珊·简，有一天下午她去厨房，说想要厨师保管一下她的钱。她有二十磅的金币。然后她出门给自己买了一顶帽子。五点半的时候她回来了，说她刚刚服毒。他们刚把她扶上床，叫了医生，她就死了。

“然后呢？”海伦问道。

“肯定会有审讯的。”圣约翰说。

她为什么要这么做呢？他耸了耸肩。为什么人们会自杀呢？为什么底层的人经常做这种事情呢？没有人知道答案。他们一言不发地坐着。

“钟声已经响过十五分钟了，他们还没下来。”过了一会儿，海伦开口说道。

当众人现身的时候，圣约翰开始解释他为什么必须来参加这场午餐。他模仿了伊芙琳在吸烟室中与他讲话的热情语气，“她认为没有什么比数学更让她激动的了，因此我借给了她两大本书。我很好奇她能学到些什么东西。”

蕾切尔现在可以嘲笑他了。她对他提起了吉本，吉本的第一册书还在她那里呢；如果他想要承担起对伊芙琳的教育的话，那绝对是对他的考验；她还听说过伯克写的《美国的反抗》——伊芙琳应该同时读读这两本书。当圣约翰反驳她时，已经是酒足饭饱后了。他开始告诉大家，宾馆里丑闻四起，最骇人听闻的那些都是在大家缺席的时候发生的，他正在尽力进行调查。

“比如说，伊芙琳 · M，不过这则消息是有人私下告诉我的。”

“胡说！”特伦斯打断道。

“你也听说可怜的辛克莱的事儿了吧？”

“噢，没错，我听说辛克莱的事儿了。他带着一把左轮手枪，回到了他的矿井。他每天都给伊芙琳写信说他正在考虑自杀。我向她担保，他的人生从没像现在这么快乐过，大体上她也是同意我的看法的。”

“但这之后她又开始和佩罗特纠缠不清，”圣约翰继续说道，“而且，根据我在走廊上看到的一些事情，我有理由认为亚瑟和苏珊之间的关系也非比寻常。最近有一位从曼彻斯特到这儿来的年轻女性。如果整件事情能够水落石出的话，在我看来实属是一件好事。他们的婚姻生活实在糟糕得让人难以想象。噢，还有我路过佩利太太的房间门口时，听到她用最可怕的语言在咒骂。据说她私下会虐待她的女佣——事实上，这非常明显。从她的眼神就可以看出来。”

“当你到八十高龄而且饱受痛风折磨的时候，你就会满口脏话的，”特伦斯说道，“你会变得很肥胖、易怒，很难以相处。你能想象这样的一个人吗——头顶光秃秃的，穿着盥洗用具袋一样的裤子，系着一条带斑点的领带，还挺着个大肚子？”

沉默了一会儿以后，赫斯特说最糟糕的丑闻还没说到呢。他对海伦说道：

“他们把一个妓女赶了出去。有一天晚上，当我们都不在的时候，那个老笨蛋索恩伯里深夜蹒跚地经过走廊时（好像没有人问起他要去做什么），看见了自称为洛拉·门多萨太太的女士穿着睡袍穿过走廊。第二天早上他把心中的疑虑告诉了艾略特，结果是，罗德里格斯去找了那个女人，限她二十四小时内离开那里。似乎没有人探究这件事情的真相，也没有人询问索恩伯里和艾略特这件事与他们有什么关系；他们完全按照自己的方式处理事情。我提议，我们应当签署一份联合声明，一起去找罗德里格斯，坚持要求一次全面的调查。我们总得做点什么，你们说呢？”

休伊特说那女人的职业没什么可怀疑的。

“尽管如此，”他补充道，“这实在是奇耻大辱，可怜的女人。只是我不清楚该做些什么——”

“我完全同意你的看法，圣约翰，”海伦突然说道，“这真骇人听闻。英国人虚伪的装模作样让我热血沸腾。在生意上取得成功的男人，像索恩伯里先生这样的人，比妓女还要恶劣得多。”

她远远比任何人都要尊崇圣约翰的道德品质。现在他们俩开始讨论应该采取哪些步骤才能推广他们关于判断是非的独到见解。这番争论引发了一系列极度悲观的有关大众思想本质的言论。毕竟，他们算什么，他们有什么权利，他们有什么力量来与大众的迷信和无知抗衡？当然，这就是英国人，英国人的血液里一定流淌着一些糟糕的东西。如果你遇到一个英国的中产阶级，就会感受到一股难以言状的厌恶感；而如果你亲自在多佛[①]的房子上看到棕色的月牙标记，同样的感受也会涌上心头。但不幸的是，圣约翰补充道，你不能相信这些外国人——

① 多佛（Dover）：位于英国东南部多佛尔港和法国加来以西的格里内角之间。多佛港的多佛白悬崖(Dover White Cliff)面向英法海峡，在第二次世界大战期间进行了多次英德空中大战。战争的苦难令多佛的居民拥有非常强的英国民族意识，不会轻易接受其他民族及文化。

他们被桌子那一头的争吵声打断了。蕾切尔在向她的舅妈求助。

“特伦斯说我们必须得去和索恩伯里太太喝茶，因为她实在太友好了，但我没看出来；实际上，我宁愿把自己的右手锯成碎片——你想想看！想想那些女人的眼神！”

“胡说，蕾切尔，”特伦斯回应道，“谁想要看你？你被虚荣心吞噬了！你这狂妄自大的怪物！说真的，海伦，你现在就应该教教她，让她知道自己根本不算什么重要人物——既不漂亮，穿戴也没有品位，不够优雅，智力也不超群，还没有那什么风度。比你还要普通的，”他最后总结道，“只有你裙子上那不为人知的裂缝。不管怎样，你想待在家里就待着吧。我要走了。”

她又一次向她的舅妈求助。她解释道，她并不是害怕被人注视，而是害怕人们嘴里说出的话，尤其是女人的话。她虽然喜欢女性，但是一旦涉及情感方面的事情，她们就像糖块上的苍蝇一样。她们一定会问这问那的。伊芙琳·M会问：你恋爱了吗？恋爱的感觉好吗？而索恩伯里太太——她的目光会不停地上下打量，一想到这里她就一阵战栗。的确，自从订婚后就开始的隐居生活，让她变得十分敏感。她并没有夸大其词。

她发觉海伦的确是她的盟友。因此当海伦开始详细解释自己对人类的看法时，她自鸣得意地欣赏起了桌子中央摆成金字塔形状的各色水果。他们并不残忍，也并非蓄意伤人，甚至都称不上是愚蠢；但她总是发现，普通人在自己的生活里投入的情感少之又少，而对他人的生活却敏锐得像是嗅到了血腥味的猎犬。她继续说到了此番言论的主题：

“无论发生什么事情——可能是结婚，新生儿诞生，或是死亡，总的来说他们更希望看到的是死亡——每个人都想要过来看看你。他们还坚持一定要看到你。他们没有什么可说的；对你也毫不关心；但你还是得去参加午餐、茶会或晚宴，如果你不出席，你就会受到谴责。这就是血腥味，”她继续说道，“我不怪他们，只是希望他们不要介意我对他们了若指掌！”

她看了看四周，感觉自己召来了一个军团似的，所有人都虎视眈眈、气势汹汹，他们围绕在桌子旁边，张着血盆大口，这个场景就如同一个中立的小岛国家被敌国团团包围住了一般。

她的这番话引起了她丈夫的注意。在这之前，他一直在富有节奏地喃喃自语着，两眼审视着他的宾客、眼前的食物以及他的妻子，但现在他的眼神变得时而忧郁时而暴躁，就如同他歌谣中那位女性一般。他用一声抗议打断了海伦。他格外讨厌女人伪装出来的愤世嫉俗，“胡说，真是胡说。”他突然说道。

特伦斯和蕾切尔隔着桌子相互看了一眼，这其中的意思是，当他们结婚后绝不会出现这样的行为。里德利加入交谈后产生了一种奇怪的效果：对话立刻变得正式和礼貌起来。不能随心所欲地想什么说就说什么，也不能把“妓女”这个词像其他词一样随意地说出口。话题现在转向了文学和政治，里德利说起了自己年轻时认识的一些杰出人士的故事。这样的对话中蕴藏着一种艺术价值，而年轻人的飞扬个性和不拘一格也随之沉寂了下来。当他们起身离开的时候，海伦用手肘倚着桌子停了下来。

“你们一直在这儿坐着，”她说，“坐了差不多一小时，却没有注意到我的穿着和佩戴的花朵，也没有注意到光线是如何照射进来的，还有其他东西。我没有听到你们的谈话，因为我在一直注视着你们。你们看上去美极了，我真希望你们能永远坐在这里。”

她带领着大家进入了会客室。进屋后她拿起了刺绣，开始劝阻特伦斯不要在大热天步行去宾馆。但是她越劝阻，特伦斯的决心就越坚定。他变得恼怒而倔强，甚至有时使他们彼此间几乎产生了恨意。他希望其他人，他希望蕾切尔，和他一起看望他们。但他猜想安布罗斯太太现在可能会劝她不要过去。这里的一切都让他感到烦闷：这空间、这荫凉、这美丽，还有躺着的赫斯特以及他手腕下摇摇欲坠的杂志。

“我一定要去，”他重复了一遍，“蕾切尔不愿意的话就不用去了。”

“如果你去了，休伊特，我希望你可以问问关于妓女的事情，”赫斯特说道，“就这么办吧，”他补充道，“我陪你走一半的路。”

在众人惊讶的眼神中，他站起身，看了看表，然后说道，午餐已经结束一个半小时了，胃液已经得到了充足的分泌；他解释道，他正在尝试一个运动计划，需要在长时间的休息中穿插短时间的训练。

“我在四点钟的时候回来，”他对海伦说，“得躺在沙发上彻底地放松一下肌肉。”

“你要去吗，蕾切尔？”海伦问道，“你不和我待在一起吗？”

她笑了笑，但这笑容背后可能隐藏着悲伤。

她究竟是悲伤，还是出于真心的高兴呢？蕾切尔自己也说不上来，只是此时夹在海伦和特伦斯之间感到非常不舒服。她转过身说，要是特伦斯负责所有沟通的话，她就和他一起去。

一道狭长的影子顺着道路绵延，宽度可以遮住两个人，但遮不住三个人。圣约翰因此落在了两个人的后面，并且和他们的距离在一点点地拉长。他散步是为了消食。他一边盯着他的手表，一边时不时地看看前面的两个人。他们看上去是那么开心，那么亲密，尽管他们并排走路的样子与其他人并无二致。他们偶尔会微微地转向彼此。他认为他们谈论的一定是十分私密的话题。而实际上，他们是在争论海伦的性格，特伦斯正在试图解释为什么有时海伦会让他感到烦躁。但圣约翰认为他们是在说一些不想让他听到的事情，于是他开始觉得自己被孤立了。这些人这么开心，而在某种程度上，他看不起这些人如此轻易地就能感到幸福，而另一方面，他又很羡慕他们。他比他们都要卓越得多，但他并不开心。人们从来不会喜欢他，有时他甚至怀疑海伦是否真的喜欢他。能够处世单纯，能够直截了当地说出心里话，能够不去理会那占据他身心的可怕的自我意识，能够如一面明镜般不断展现他自己的真实面貌和心中所想，这比任何天赋都更具价值。因为这会令人感到幸福。幸福，幸福，什么才是幸福？他从来没有感受过幸福。他对生命中琐碎的罪恶、谎言和瑕疵都看得太过透彻，而看透这些东西在他眼里是一种坦率的表现。毫无疑问，就是因为这样，人们都不喜欢他，抱怨他无情无义又为人苛刻。当然，人们也从来没有对他讲过他希望听到的那些话，比如：他这个人既友好又和蔼，人们都喜欢他。不过，他讲出的那些刻薄的话中，有一半都是因为他当时心情不好，或是在对自己赌气。他承认，他也几乎没有表达过对任何人的关心，而当他真正表露心声之后，随之而来的往往都是悔恨。他对特伦斯和蕾切尔的感情太过复杂，以至于他至今也没有办法坦然地表达自己为他们婚约而感到的高兴。他无比了解他们的缺点，以及他们感情的脆弱本质，他预料两人之间的爱意不会持久。他又看了他们一眼，却感到了一丝异样。他一向认为自己很少能看出什么，而此时的他们却让他的心中升腾起了一种单纯的情感，这其中也包含了几分同情。毕竟，与人们身上的美好相比，那些缺点又算得了什么呢？他决心现在就告诉他们自己的内心感受。他加快了脚步，在他们到达小路和主街交汇的拐角处时追上了他们。他们停下了脚步，和他开玩笑，问他关于胃酸的事情——但他打断了他们，开始快速而又生硬地说了起来。

“你们还记得跳完舞后的那个早晨吗？”他问道，“我们就坐在这里，你在说些有的没的，蕾切尔在堆小石子玩。然而，当时我在一瞬间领悟到了生命的真谛。”他短暂地停顿了一会儿，微微地撅起双唇，“爱，”他说，“在我看来可以诠释一切。因此，总的来说，我很高兴你们二人将要喜结连理。”说完他猛地转过身，头也不回地走回了别墅。他为自己说出心里话而感到兴奋又惭愧。也许他们正在嘲笑他，也许他们认为他非常愚蠢，但是不管怎么说，他真的说出了自己的感受，不是吗?

当他离开以后，他们的确笑了一会儿；但是关于海伦的争论愈演愈烈，争论停止以后，他们又变得平和而友好了。

第二十四章

他们下午到达宾馆的时候还为时尚早，大多数人要么还没有起床，要么一言不发地坐在卧室里，而邀请大家前来的索恩伯里太太也不见踪影。于是，他们在阴暗的大厅里坐了下来，这里几乎空无一人，空荡荡的大厅里充满了穿堂风的沙沙声。没错，这张扶手椅正是那天下午伊芙琳过来时蕾切尔坐的那张，而这本杂志也正是她当时看的那本，还有这张照片，依然展示着纽约市的万千灯火。多么古怪的一幕——一切都没有改变。

渐渐地，开始有人走下楼梯，穿过大厅，在这昏暗的灯光下，尽管他们都是些陌生人，但每个人的身影都带有一丝优雅和美丽。他们有时径直穿过回转门，走进花园中，有时驻足片刻，在桌旁弯下腰翻阅报纸。特伦斯和蕾切尔坐在大厅中，透过半闭的眼睑看着他们——约翰逊一家、帕克一家、贝利一家、西蒙斯一家、李一家、莫莱一家、坎贝尔一家、加德纳一家。有些人穿着白色的法兰绒衣服，胳膊下夹着球拍，有些人矮小，有些人高大，有些人只是孩子，而有些人好像是仆人。但无论如何，他们全部都拥有自己的定位，拥有在这大厅中一个接一个地来回穿梭的理由，拥有自己的财富，拥有自己的地位。很快，特伦斯就不再继续注视他们了，因为他累了；于是，他合上了双眼，在椅子上昏昏欲睡。蕾切尔又接着看了一会儿；她被这些人自信而优雅的动作吸引了，他们自然而然地一个跟着一个，漫步，前行，然后消失不见。然而过了一会儿，她的思绪就开始游荡到了远方，她想起了那场在这里举办的舞会，只是那时这间屋子看起来与现在截然不同。环顾四周，她几乎不敢相信这是同一个空间。那一晚，当他们在黑暗中踏入这里时，这里看起来是那样宽敞，又是那样明亮和庄重；这里挤满了一张张泛着微红的兴奋小脸，一直熙熙攘攘的。而人们都打扮得光鲜亮丽，看起来是那么生气勃勃，甚至都不像是真实存在的人，也感觉无法和他们搭上话。而现在，这个房间既昏暗又寂静，美丽而沉默的人们一个个穿过大厅，你可以上前对他们说出你想说的任何话。

她坐在扶手椅中感到了出奇的安心，不仅能够回忆起那一晚的舞会，还能够温柔和轻松地回忆起所有往事，就好像她久久地陷入了迷雾当中，而现在才能看清是在哪里陷入其中的。在她看来，令自己深陷如此境地的原因十分奇怪，而最奇怪的是她那时并不知道自己正被带向的方向。这确实非常奇怪，一个人不知道自己去向何方，也不知道自己想要什么，只是一直盲目地跟从，暗地里受尽折磨，总是疏于准备，惊慌失措，对一切都一无所知；然而随着事情一件接一件发生，某些东西逐渐从无至有，一个人就这样最终拥有了平和、安详和坚定。而这一过程就被人们称作生活。也许，每个人都像她现在一样，知道自己将要去向何方；事物不仅是在她的眼里，在大家的眼里也都浮出了水面，令大家感到心满意足与意义非凡。当回首往事的时候，她就能够明显地意识到某种意义存在于她姑妈的生活中，在她再也见不到的达洛维一家的短暂拜访中，还有在她父亲的生活中。

熟睡中的特伦斯那低沉均匀的呼吸声，更加衬托出了她的平静。她虽然丝毫没有困意，但双眼却开始变得模糊起来。尽管来来去去的人群变得越来越模糊，可她依然相信他们都很清楚自己将要去向何方，他们身上的那种笃定令她倍感舒适。此时此刻她好像摆脱了生命中的一切束缚，整个人变得超然脱俗、无欲无求。她觉得现在可以接受即将在自己身上发生的一切事情，并且不会被事物的外表迷惑。在未来的生活中，还有什么可害怕或困惑的呢？为什么她总会忘记这一点呢？实际上，这个世界是如此浩瀚，如此热情，却又如此简单。“爱，”圣约翰说过，“可以诠释一切。”没错，但这指的不是男人对女人的爱，不是特伦斯对蕾切尔的爱。尽管他们如此近距离地坐着，他们不再是渺小的、单独的个体；他们已经停止了挣扎，开始彼此相互渴望。他们之间似乎存在着某种和谐。它可能是爱，却不是那种男人对女人的爱。

通过半睁半闭的双眼，她观察着躺在椅子上的特伦斯。当注意到他的嘴巴那么大，下巴那么小，鼻子歪歪扭扭得像通向一个疙瘩的之字路线的时候，她不禁微笑了。这样的外貌说明他十分懒惰，却又野心勃勃，多愁善感，浑身充满了缺点。她想起了他们之间的争吵，特别是下午关于海伦的那一次。她思考在未来的三十年、四十年或五十年内他们究竟会多久吵一次架。他们会在同一屋檐下生活，一起赶火车，以及因为性格截然不同而产生矛盾。然而这一切不过是流于表面的东西，与眼睛、嘴巴和下巴背后隐藏的生命是毫无联系的。因为那生命是独立于她，独立于任何事物的。同样，尽管她将要和他结婚，并一起生活三十年、四十年甚至是五十年，会有争吵，也会和他日渐亲密，但她依然是独立于他，也独立于任何事物的。无论如何，就如同圣约翰所说，是爱让她明白了这个道理。在爱上他之前，她从未感到过这样独立、这样平和和这样坚定，或许这也是爱吧。她已经别无所求了。

艾伦小姐站在稍远一些的地方，望着舒舒服服地躺在扶手椅上的这两个人。她看了大概有两分钟的时间，还没想好要不要打搅他们。随后，她似乎想起了什么，匆匆穿过了大厅。她的脚步声吵醒了特伦斯。他坐起来揉了揉眼睛，听到艾伦小姐在和蕾切尔说话。

“没错，”她正说着，“这非常好。真的非常好。订婚似乎非常流行。两对素未谋面的情侣在宾馆相识后就决定结婚，这种事情可不太常见。”她停顿了一下，脸上浮现出了微笑，似乎已经无话可说了。因此特伦斯站了起来，询问她的书稿是否真的已经完成了，有人说她已经写完了。这时她的脸上散发出了光芒，她带着比平时更加生动的表情转向了特伦斯。

“是的，我想我可以公开宣布已经完成了，”她说。“只是，我省略了斯温伯恩——从贝奥武夫到布朗宁[①]——我更喜欢两个‘B’字母开头的名字。《从贝奥武夫到布朗宁》，”她重复道，“我觉得这个书名能够在火车站的书报亭吸引人们的目光。”

她的确对自己完成了这本书而感到非常自豪，因为没有人知道在这过程中她付出了多少心血。而且，她也认为这是一部杰作。回想起她在写书过程中对她的兄弟的忧虑，她不禁又多说了几句。

“我必须得承认，”她继续说道，“如果之前了解英

---

① 罗伯特·勃朗宁（Robert Browning，1812年—1889年），十九世纪英国维多利亚时期著名的诗人、剧作家，代表作有《戏剧抒情诗》。

国文学中有多少经典的作品，知道仅仅提及其中的精华作品就需要这么大费笔墨的话，我一定不会接下这份工作的。你要知道，他们要求这本书不超过七万字。”

“仅仅七万字！”特伦斯惊呼道。

“是的，而且书里还必须提到每个人，”艾伦小姐补充道，“这是让我觉得困难的地方，针对其中每个人我都要说出一些不一样的东西。”这时她觉得自己的事情已经说得差不多了，于是询问他们要不要参加网球比赛，“年轻人对此都很热衷。半小时后比赛就要再次开始了。”

她的眼神充满善意地落在了他们两个的身上。经过一段短暂的沉默后，她似乎突然想起了一些令蕾切尔显得与众不同的东西，于是看着蕾切尔开口说道：

“你是一个了不起的人，居然不喜欢生姜。”她那张写满疲惫与无畏的脸庞上，挂着亲切的微笑。这笑容让他们感觉，虽然她无法记住他们每一个人，却还是把年轻一代的重担放心地交给了他们。

“我很同意她的观点，”从背后传来了一个声音；索恩伯里太太无意中听到了最后那几句关于不喜欢生姜的话，

“这让我联想起了我们一个可怕的老阿姨（老太太真可怜，她遭受了太多不幸，说她可怕是有些不公平的），在我们小时候，她经常给我们生姜吃，而我们从没鼓起勇气告诉过她我们并不喜欢。我们只是把生姜都扔进了灌木丛中——她过去在巴斯[①]附近有一座大房子。”

他们开始缓慢地穿过大厅。伊芙琳突然冲到他们中间，迫使大家停住了脚步。似乎为了能够下楼赶上他们，她的双腿已经不受控制了。

“啊，”她带着一贯的热情，一把抓住了蕾切尔的胳膊，大声说道，“我觉得这太棒了！我早就猜到了会这样！我觉得你们两个简直是天作之合。现在你们得跟我说说——准备什么时候结婚，你们计划以后要住哪里——你们现在是不是感到无比幸福？”

但是这群人的注意力全都被艾略特太太吸引了，她正迈着急切却又茫然的步子走过他们的身边，手里拿着一个

① 巴斯（Bath）：一座位于英国西南部的小城，被誉为全英国最典雅精致的城市。

盘子和一个空热水袋。她刚要从他们旁边走过的时候，索恩伯里太太开口叫住了她。

“谢谢你，休林现在好多了，”她回答了索恩伯里太太的问题，“但他可不是一个好伺候的病人。他总想知道自己的体温，但如果我告诉他的话，他就会焦虑，而如果我不告诉他，他就会疑神疑鬼。你们知道男人生病时候的那种样子！这里当然也没有合适的医疗器械，尽管罗德里格斯看上去非常乐意，也非常急切地想要提供帮助（说到这里，她神秘地压低了嗓音），但大家都不认为他是一个合格的医生。休伊特先生，如果你能过来看看他的话，”她补充道，“我想他一定能因此振作一些的，他总是整天在床上躺着……还有那些苍蝇……但我得马上去找安杰洛了，这里的食物真是……谁要是身边有病人的话，都一定会希望万事顺心的。”她一边说着一边匆匆地从人们身旁走过，去找服务员领班。照料丈夫的烦恼让她一直愁眉不展；她的脸色苍白，看起来很不开心，比平时的效率要低得多，那比以往都要混沌的眼神不断地从一处游移到另一处。

“可怜的家伙！”索恩伯里太太感叹道。她告诉他们，休林·艾略特已经病了好几天了，而唯一能够找到的医生是宾馆老板的兄弟，但他说他兄弟的医术很值得怀疑。

“我可明白在宾馆里生病是多么难受，”索恩伯里太太一边说着，一边又带着蕾切尔向花园走去，“我去度蜜月的时候，在威尼斯患了六周的伤寒，”她继续说道，“但即使是这样，当回忆起这段经历的时候，我依然把它视作我生命中最幸福的几周时光。啊，对了，”她挽住蕾切尔的胳膊说道，“你觉得自己现在很幸福，但这和之后的幸福比起来根本算不上什么。而且，实话实说，我心底里太羡慕你们这些年轻人了！我跟你们说，你们生活的时代比我们可要好太多了。当回首往事的时候，我都不敢相信发生了如此巨大的变化。那时，在我们订婚以后，还是不允许我和威廉单独散步的——必须有一个人与我们同处一室，我也坚信自己应该把他的来信全都拿给我的父母过目！尽管他们也都非常喜欢他。我可以说，他们的确把他当作自己的儿子看待。这让我感到好笑，”她继续说，“他们对我们如此严厉，但又如此宠溺他们的孙子！”

茶桌再次被摆在了树下。索恩伯里太太坐在茶杯前，一直在点头招呼着，直到聚集起来了一大帮人。苏珊、亚瑟和佩珀先生一边闲逛一边等待着网球比赛的开始。当蕾切尔坐下喝茶，听到索恩伯里太太那些温柔与亲切的语句带着白银一般的光滑流淌而过的时候，她又想起了特伦斯将她形容为低吟的老树和蜿蜒不绝的清流。这漫长的生活和这些孩童令她整个人变得非常光滑，他们似乎擦去了她身上的个性，只留下了苍老和母性。

“有些事情你们这些年轻人应该了解！”索恩伯里太太继续说道。她把所有人都包含进了自己的预言和母性之中，尽管这其中也包括了威廉·佩珀和艾伦小姐。他们两个都已经是见多识广的过来人了。“我见识到了世界在我这一生中的变化，”她继续说道，“我不敢妄言未来五十年会发生什么事。啊，不，佩珀先生，我一点儿也不同意你的看法，”她笑着打断了他的悲观论调，他认为世界正在变得更糟。“我知道自己应该和你有同感，但恐怕我没有这么想过。未来他们会成为比我们更加优秀的人。当然，所有事情都会证明这一点的。我身边的所有女人，不管是年轻的，还是在承担繁重家务的，都在外面做着我们之前认为绝不可能的事情。”

佩珀先生认为她和所有的老太太一样多愁善感和不可理喻，但她像对待乖戾的老顽童一样对待他，这样的方式让他感到迷惑不解。他只能回应她一个奇怪的表情，看起来像是微笑而不是蹙额。

“而且她们仍然履行了女人的职责，”索恩伯里太太补充道，“为自己的孩子付出很多。”

当她说这句话的时候，朝着苏珊和蕾切尔的方向笑了笑。她们并不愿意被分到这一类人当中，但两人还是下意识地笑了一下。亚瑟和特伦斯也互相看了一眼，她让他们觉得彼此身处同一条船。他们看了看自己即将迎娶的女人，开始了比较。没人说得清怎么会有人想娶蕾切尔，同样，和苏珊共度一生也让人觉得不可思议；但是他们相信对方的品位一定是独一无二的，因此他们二人之间并无恶意；反而因为对方奇特的选择而好感倍生。

“我真的应该祝贺你。”苏珊一边倾着身子拿起果酱，一边说道。

圣约翰说的关于亚瑟和苏珊的流言蜚语似乎并没有什

么依据。他们并排坐着，都被太阳晒得黝黑，浑身充满了活力，网球拍放在他们的膝盖上。他们虽然不怎么说话，但脸上始终带着浅浅的微笑。他们穿的白色球衣很薄，透过衣服可以看到他们身体和腿部的线条和肌肉的美丽曲线，还可以看出他的瘦弱和她的丰腴。这让人自然而然地想到他们的孩子一定也是结实健壮的。他们的脸庞缺乏棱角，因此还称不上漂亮，但是他们拥有清澈的眼睛、健康的外表和十足的生命力，似乎血液永远不会停止在他的身体中奔腾，也永远不会消除在她脸颊上留下的深沉与平和。他们此刻的眼神比以往更加明亮，眼神中还带着运动健将独具的那种愉悦和自信。因为他们一直都在打网球，而且两人打得都不错。

伊芙琳没有说话，但是她一直轮番盯着苏珊和蕾切尔。没错——她们都很轻易地下定了决心，在短短几周的时间内完成了在她眼中似乎永远无法做到的事情。虽然她们情况不同，但她认为自己在她们两个人的身上看到了同样的满足感和充实感，同样的冷静态度，以及同样的行动迟缓。她想到，正是这种迟缓、自信和满足感让她感到厌恶。她们之所以行动迟缓是因为她们不是一个人而是两个人一起行动，苏珊跟随着亚瑟，蕾切尔跟随着特伦斯，而且为了一个男人，她们放弃了所有其他的男人、社会活动，还有生命中那些真实的事情。爱都是非常美好的，还有那些温暖的家庭住宅，楼下有厨房，楼上有育儿室，显得是那么与世隔绝和茕茕独立，就像处在世界洪流中的一座座小岛；不过真实的事情正在外面庞大的世界中发生，事端、战争、理想，这些和女人毫不相干，只是寂静无声而轰轰烈烈地影响着男人。她用锐利的眼神望着她们。她们此刻虽感到高兴和满足，但世上肯定还有比这更加美好的事情。人们可以更加贴近生活，可以从生活中获取更多东西，还可以获得比想象中更多的享受和更多的感受。尤其是蕾切尔，看起来那么年轻——关于生活她能有多少了解呢？伊芙琳变得焦躁不安，于是起身穿过房间，坐在了蕾切尔的旁边，提醒她，她已经答应过要加入自己的俱乐部了。

“烦人的是，”伊芙琳继续说道，“我可能直到十月才能够正式开始工作。我刚收到一封朋友寄来的信，他的兄弟在莫斯科做生意。他们想要我过去，因为他们正深陷各种阴谋和无政府主义者的泥潭之中。我想在回家的时候过去看看。这故事太骇人听闻了。”她想要蕾切尔明白这究竟有多骇人，“我的朋友认识一个十五岁的女孩，被终身流放到了西伯利亚，而这仅仅是因为他们抓到她给了一个无政府主义者一封信，而且那封信也不是她写的。我要竭尽所能地支持对抗俄国政府的革命[①]，胜利终究会来到的。”

她看了看蕾切尔，又转向了特伦斯。他们俩听到她的这番言论，又想起最近一直听到的关于她的坏话，心头涌上了一丝感动。特伦斯问她有什么计划，她解释说自己要成立一家俱乐部——一家做事的俱乐部，做的都是实事。当她开始滔滔不绝地讲述时，她整个人变得生气勃勃。她宣称，一旦有二十个人——不，十个满怀热情的人就足够了——能够着手做事而不是只会空谈，他们就可以废除一切存在的丑恶。真正需要的是头脑。要

① 指1905年前后俄国正在酝酿的革命，被当作1917年的“十月革命”的先驱。

是人人都有头脑就好了——当然他们还需要一个房间，一个不错的房间，最好在布卢姆斯伯里[①]，在那儿他们可以每周见一次面……

当她讲话的时候，特伦斯可以看到青春在她脸上流逝的痕迹，还有因为张嘴说话和情绪激动而在嘴边和眼角形成的皱纹，但是他并不怜悯她；在那双明亮、坚毅并充满勇气的眼睛中，他看出她也不怜悯自己，不希望把自己的生活与别人的生活交换，哪怕是交换他和圣约翰那种更精妙、更有序的生活；哪怕随着岁月流逝，斗争会变得越来越艰难。不过，她也许会安定下来；也许到最后，她会嫁给佩罗特。他的思绪都被她说的话占据了。他想象着她未来的命运，但烟草的云雾遮盖住了他的脸庞，使他无法看清她的双眼。

特伦斯、亚瑟和伊芙琳都在吸烟，因此空气中充满了烟雾以及上等烟草的味道。在没人开口说话的时候，他们可以听到远处大海传来的窃窃私语，海浪被静悄悄地打碎、

① 布卢姆斯伯里（Bloomsbury）：位于英国伦敦的一片区域。

变为一层水波来来回回地冲刷沙滩。冷绿色的阳光穿过树木的枝叶，在盘子和桌布上留下了新月和钻石形状的光斑。索恩伯里太太默默地注视了一会儿他们以后，就开始向蕾切尔亲切地提问——他们什么时候回去？噢，他们想见见她的父亲。她一定要去见见蕾切尔的父亲——有很多的话想要对他说，而且（她深情地看了一眼特伦斯）她确定，他会非常开心。多年前，她继续说道，可能是十年或二十年之前，她在一场聚会上遇见过温雷丝先生，他的脸庞给她留下了深刻的印象，这张脸在聚会上实在显得与众不同，于是她打听了他的身份，知道了那是温雷丝先生，她一直记着这个名字——这个不同寻常的名字，他的身边还有一位女士，一个长相甜美的女人，但这不过是一场在伦敦的糟糕相遇而已，在那里无法聊天——只能互相望着——尽管她和温雷丝先生握了手，但他们没有说上什么话。她轻叹了一口气，想起了种种往事。

接着她转向了佩珀先生。他现在变得非常依赖她，因此总是坐得离她很近。尽管他不太经常开口评论，却一直在全神贯注地聆听着她的话。

“你是个万事通，佩珀先生，”她说道，“跟我们说说，那些了不起的法国女人是怎么管理她们的沙龙的？我们在英国曾经做过这类事情吗？还是因为某种原因你觉得这在英国根本行不通？”

佩珀先生很高兴地详细解释了为什么没有英国沙龙。他说原因有三，并且都很重要。至于他自己，因为不想冒犯别人，有时不得不去参加聚会——比如说，他侄子前两天结婚的时候，他就走到房间的正中央，用最大音量喊了一声“哈！哈！”，认为已经履行了自己的职责，然后离开了。索恩伯里太太对此表示了反对。她准备一回去就举办一场聚会，邀请他们全部人，让所有人都来看看佩珀先生。如果她得知有人听到他说“哈！哈！”的话，她就会——她就会对他不客气。亚瑟·文宁建议她准备一些惊喜——比如说，准备一副人物肖像画，上面画着一位戴着蕾丝花边帽的漂亮老妇人，而画的背后藏着一盆冷水，只要一声令下就能泼到佩珀先生的脑袋上；或者他们可以准备一把椅子，只要一入座就能把他弹到二十英尺高。

苏珊笑了，她已经喝完了茶，此刻感到非常满足，一方面是因为她网球一直打得十分出色，另一方面是因为大家都很友好；她开始觉得与他人的交谈变得容易了很多，即使面对相当聪明的人，她也可以从容自如，因为不知道为什么，聪明人不再让她感到畏惧了。甚至她第一次见面就不喜欢的赫斯特先生，也不再那么难以相处了；况且，这个可怜的男人一直看上去如此憔悴；也许是因为他正沐浴在爱河之中；也许是因为他爱上了蕾切尔——她不应该这样猜测；或者是因为伊芙琳——对男人而言，她具有十足的吸引力。她向前倾了倾身子，继续这个话题。她说在她看来，聚会之所以这么枯燥，是由于男士们都太不讲究穿着。她说，即使在伦敦，人们也觉得在晚上打扮没有必要，这让她非常吃惊，当然，他们在伦敦都不打扮，更别说在乡村了。圣诞节期间的狩猎舞会[1]可是一场隆重的盛宴，绅士们都会穿上好看的红色外套，但亚瑟不喜欢跳舞。所以她推测，他们甚至都不会出席自己乡镇的舞会。她觉得人

① 狩猎舞会(Hunt ball)：英国一项传统的猎狐运动，期间也会举行各种各样的射击游戏。

们不会在喜欢一种运动的同时关心另外一种运动，尽管她的父亲是个例外。不过，他其实在很多方面都是个例外——他是一位出色的园丁，还懂得所有关于鸟类和动物的知识，全村的老太太自然都很喜欢他；然而，他最喜欢的却是书籍。如果你需要他的话，总会知道在哪里可以找到他；他肯定正捧着一本书在他的书房里，而这本书可能已经发霉了，并且非常非常古老，古老得没有任何其他人愿意去读的书。她总是对他说，如果他没有一个七口之家需要养活的话，他肯定会成为一个头号书虫。六个孩子啊，她带着确信众人都会对此报以同情的语气补充道，使他实在无法挤出多少时间变成一个书虫了。

她一边谈论着让她无比骄傲的父亲，一边站了起来，因为亚瑟看了一眼手表，发现又到他们回到网球场的时间了。其余的人都没有挪动。

“他们很幸福！”索恩伯里太太慈爱地注视着他们的背影，开口说道。蕾切尔表示同意，他们似乎对自己很有把握，也明确地知道自己到底想要什么。

“你觉得他们真的幸福吗？”伊芙琳低声向特伦斯问

道。她希望特伦斯说他不认为他们幸福；然而，他却说他们也得走了——回家，因为他们总是在就餐时迟到，而十分严厉和苛刻的安布罗斯太太又不喜欢有人迟到。伊芙琳抓住蕾切尔的裙子抗议道，他们为什么要走？时间还早，她还有很多话想要说给他们听。

“不，”特伦斯说道，“我们必须得走了，因为我们走得太慢了。我们会走走停停，四处看看，还会不停聊天。”

“你都聊些什么？”伊芙琳问道。特伦斯笑着说，他们什么都聊。

索恩伯里太太拖着缓慢而优雅的步伐穿过草地和碎石路，一路聊着花儿和鸟儿，把他们送到了大门口。她告诉他们，自从女儿出嫁后，她就开始研究植物学。尽管她一生都住在乡下，而且今年已经七十二岁了，却发现世界上还有那么多从来没有见过的花朵，这实在是太棒了。她说，当人老了，能拥有一个独立于旁人的消遣活动是一件好事。但奇怪的是，人们从不觉得自己老。她总感觉自己还是二十五岁，一天不多，一天不少。不过，当然，也不能指望其他人能认同自己的想法。

“二十五岁一定非常美妙，而且不仅仅是想象出的那种美妙，”她一边说着一边用平和明亮的眼神扫视着他们，“肯定无比美妙，那种真真切切的美妙。”她站在大门口和他们交谈了好一阵，看上去对他们的离去有一些不舍。

第二十五章

午后非常炎热。在这炎炎夏日中，海岸上浪花的拍击声听起来仿佛是某只疲惫动物的反复叹息，甚至遮阳棚下露台的砖块摸起来也是烫手的。一股股热浪在干枯的小草上空不断地翻滚。石盆里的红色花朵随着热浪的侵袭垂下了头，而几周前还在绚丽绽放的白色花朵此时也已经枯萎了，变黄了的边缘蜷缩着。只有南方那些坚忍不拔、不屈不挠的植物，带着如同从脊骨上长出的厚实叶片，依然挺立着身子，与似火骄阳顽强地抗争着。天气炎热得让人不想开口讲话，而找到能够让人沉浸其中从而抵御似火骄阳的书籍也并不容易。在试着翻了几本书又扔掉以后，特伦斯此刻正在大声朗读弥尔顿[①]。他认为弥尔顿的词句具有实

① 约翰·弥尔顿（John Milton，1608年—1674年）：十七世纪英国历史上最伟大的诗人之一。这首诗摘自其代表作之一《酒神之假面舞会》。

体与形状，因此不需要费心理解，仅仅靠聆听就能够完全明白内容。

一位温柔的仙子离此不远，

他读道，

塞文河的潺潺溪流沿着潮湿的石岸轻轻摇曳。

萨布里纳是她的名字，这个纯洁的处女；

她曾是洛克林的女儿，

从父亲布鲁特的手中接过权杖。

尽管特伦斯刚刚那么说过，但这些词语似乎充满了深意。也许是因为这个原因，聆听这些诗句变成了一件痛苦的事情。它们听起来是如此奇怪，每个词语都表达着与平日截然不同的意思。蕾切尔怎么也无法集中注意力，在听到“石边”“洛克林”和“布鲁特”这些稀奇词语的时候，她的眼前浮现出的却是一连串与本意无关、令她倍感不快的景象。在酷热高温与滚滚热浪的作用下，花园看起来也有些奇怪——树木不是太近就是太远。她觉得自己似乎头疼了起来，但她又不太能确定。于是她犹豫着是要现在告诉特伦斯，还是让他继续朗读下去。她决定等到他读完这节诗再开口。如果转头的时候切实地感觉到了头痛，那她要用非常平静的语气告诉他，她的头很痛。

美丽的萨布里纳，
你坐在那里聆听，
在明亮、清冷、澄澈的波涛下，
用百合花编织的，
是你那琥珀色的松散发辫，
圣洁地聆听着，
这银湖的女神，
铭记于心！

此刻她还是头痛，无论把头转向哪个方向都能感觉到疼痛。

她坐起身，就像刚才决定的那样说道：“我的头很痛，所以我要进屋去了。”虽然还没有读完下一诗节，但他立刻放下了书。

“你头痛？”他问道。

他们握着彼此的手，沉默地对视了一会儿。在这期间，他几乎感到内心的沮丧与不幸给自己带来了身体上的痛苦；他似乎听到四周充盈着玻璃破碎的清脆声响，随着玻璃的坠落，他被暴露在了露天之下。然而在两分钟后，他觉察到她并没有与他一样感到沮丧，只是比平时显得更无精打采与昏昏沉沉罢了。于是他重新振作起来，询问蕾切尔他们能够做些什么缓解她的头痛。

安布罗斯太太沉着镇定地建议她去床上休息，并且补充说，如果整天坐着，并且还总在炎炎烈日下跑出去的话，她很难不头痛。但上床休息几小时以后她肯定就会痊愈了。就如同他前一刻无缘无故产生的消沉情绪一样，海伦的这番话让特伦斯无缘无故地感到了安心。海伦与大自然给人的感觉一样，残酷无情却又令人愉快，能够压制住这突如其来的头痛。而且，她也有着与大自然一致的理智，值得被人信赖。

蕾切尔上了床。她感觉自己在黑暗中躺了好久，最后终于从透明清浅的睡眠状态中苏醒了过来。她望着面前明晃晃的窗户，记起了自己是因为头痛才上床休息，海伦告诉她醒来就会不痛了。因此，她觉得自己此刻已经恢复了健康。与此同时，她感觉到房间的墙壁白得刺眼，而且不是平坦笔直的，稍微有些弯曲。她又将目光转向了窗外，但看到的景象也并没有令她感到安心。窗帘中鼓满了风，又缓缓地消散，绳索随之在地面上拖拽，发出了轻微的响动声，听起来仿佛是动物在房间中行走，令她感到有些恐惧。她闭上了双眼，头上的脉搏剧烈地跳动着，伴随着刺穿前额的一阵疼痛，每一次似乎都是对神经的一下重击。此刻的头痛可能与入睡前的并不一样，但她切实地感受到了。她在床上翻来覆去，希望床单的凉爽可以将自己治愈，并且希望再次睁开双眼时，房间能够变回往常的样子。在经过一番徒劳的尝试后，她决心忽略这疼痛，假装自己并没有头痛。她握住床架上的铜球，下床站了起来。起初她感到一阵铜球的冰凉，但很快就变得与她的掌心一样温热了。

由于头部与身体的疼痛，再加上地板的晃动，站立与行走比躺在床上更不好受，于是她再次躺了下来；尽管刚刚躺下的时候她感到了一阵通体舒畅，但马上她就感觉到与站立一样痛苦不适。她接受了自己不得不整日躺在床上的事实，于是把头靠在枕头上，放弃了今日的欢乐时光。

一两个小时后，当海伦踏入房间的时候，突然停止了嘴里的欢声笑语，吃惊地盯了蕾切尔一会儿，然后整个人变得异乎寻常的平静：毫无疑问，蕾切尔的确是病了。当这个消息传到了别墅中所有人的耳中，当花园里的歌声突然停歇了下来，当玛丽亚为她送水走过床边时眼神变得闪躲，她的病情得到了证实。整个上午过去了，随后整个下午也过去了。她不时地尝试努力回到平日的世界中去，却发觉自己的高烧与不适已经使她的世界与平日的世界间产生了不可逾越的隔阂。某一时刻门开了，海伦和一位皮肤黝黑的小个子男士走了进来。他有着一双毛茸茸的手——这是她首先注意到的。她浑身燥热难耐，还昏昏沉沉的，因此尽管她明白这位低眉垂眼、卑躬屈膝的男士是医生，但还是没怎么回答他提出的问题。另一个时刻，门又开了，特伦斯蹑手蹑脚地走了进来，为了表现得自然，脸上带着笑容，但在她看来那笑容显得过于镇静。他坐了下来，轻抚着她的双手对她说着话，直到她因为同一个姿势躺了太久而感到难受，才翻了个身。当她再度抬起头的时候，发现特伦斯已经走了，海伦正在旁边陪着她。这倒没关系；当明天一切恢复正常以后她还会见到他的。在这一整天中，她主要的事情就是试着回忆那几句诗歌：

在明亮、清冷、澄澈的波涛下，

用百合花编织的，

是你那琥珀色的松散发辫……

但结果没有令她满意，因为她总是把形容词放错位置。

第二天与前一天相比并没有什么不同，只是对她来说，床变得异常重要，而外面的世界，仿佛离她分外遥远。那明亮、清冷、澄澈的波涛似乎近在眼前，就在她的床尾翻涌奔腾。她决定一直想象着这场景，因为波涛的清新凉爽能够让她感觉好受些。海伦不离左右地陪伴了她整整一天，时不时地告诉她已经到午餐时间或是下午茶时间了。但到了第三天，所有的时间标记都被抹去了。外面的世界太过遥远了，那些纷繁复杂的声音，例如头顶传来的人们的走路声，全部都要靠她竭力回想才能记起声音的来源。三天前的所感所做所思，对她来说已经完全模糊了。另一方面，房间中的每一样东西，床，以及她自己有着健全四肢与丰富知觉的身体，却一天天愈发重要了。她已经完全与世隔绝了，无法与世界交流，和这具躯体一起被孤立了。

时间就这样一分一秒地过去，但一切都与清晨并无二致，从白昼到深夜就像仅仅过了几分钟似的。有一天晚上，因为处于黑夜或拉上了窗帘，整个房间显得十分昏暗。海伦对她说道：“今晚有人要坐在这儿，你不会介意吧？”

蕾切尔睁开了双眼，看到海伦旁边有一位戴眼镜的护士，那张似曾相识的脸庞令她模糊地回忆起了什么。她想起自己曾在教堂中见过她。“这位是麦金尼斯护士。”海伦说道。与其他人一样，那位护士露出了镇静的笑容，告诉她们很少有人会怕她。过了一会儿，她们两个都消失了。倚着枕头转了个身后，蕾切尔醒了，发现自己身处漫无止境的长夜中。这些漫长的夜晚从不在十二点就轻易结束，而是继续时间无限地延长——十三，十四，等等，直至二十，然后是三十、四十。她意识到自己对于这种漫漫长夜无能为力。一位老妇人坐在远处，低垂着头。蕾切尔微微地抬起了身子，吃惊地看到那位老妇人正借着报纸遮挡着的蜡烛光亮玩扑克牌。这景象有一种无以名状的不祥之感。她被吓坏了，不禁惊叫了起来。老妇人放下了扑克牌，用手遮挡着蜡烛的光亮，穿过房间向她走来。她越走越近，穿越过这巨大的房间，最后在蕾切尔的眼前停住了，问道，“睡不着吗？让我给你整理得舒服些。”

她放下蜡烛，开始整理被褥。蕾切尔突然想到，整夜坐在洞穴中玩扑克牌的女人的双手应该是冰冷的，于是她一直躲闪着那双手的触碰。

“为什么这根脚趾一直露在外面！”老妇人一边为她掖被褥，一边说道。蕾切尔并没有意识到她提到的是自己的脚趾。

“你得试着安安稳稳地躺着，”她继续说道，“你要是躺着不动的话，就不会那么热；要总是翻来覆去的话，就会更热。希望你的体温不要再升高了。”她站在那里俯视了蕾切尔好久。

“你躺得越安稳，你的病就会好得越快。”她重复道。

蕾切尔目不转睛地盯着天花板上尖尖的影子，她竭尽全力祈祷着这个影子能够赶快挪走。然而这个影子与这位老妇人似乎被永远地固定到了她的面前。她只好闭上了眼睛。当她再次睁开双眼的时候，已经过去了几小时，但依旧身处漫无止境的黑夜。那老妇人依旧在玩扑克牌，只不过她现在坐在了一条河流下方的隧道中，而蜡烛被放在了墙面的一个小拱洞中。她叫道“特伦斯！”随着老妇人极其缓慢地起身挪动，那尖尖的影子再一次穿越天花板挪了过来，两者一同停在了她的面前。

“让你待在床上就像让福里斯特先生待在床上一样难，”老妇人说道，“他是一个高大的绅士。”

为了摆脱这令人厌恶的静止画面，蕾切尔再一次闭上了眼睛，发现自己正在泰晤士河下面的隧道中行走，有几个矮小的残疾女人正坐在拱门中玩扑克牌，而隧道墙壁的砖块在缓缓地渗出湿气，不断汇集成小水滴，沿着墙面滑落。

过了一会儿，那几个矮小的女人变成了海伦和麦金尼斯护士，站在窗前不停地窃窃私语。

与此同时，那些房间外的声响、活动，以及别墅中其他人的生活，都在习以为常的阳光下按部就班地继续着。在她生病的第一天，通过她过高的体温，大家就清楚她的状态一定非常糟糕。从周二那天开始，一直到周五，特伦斯的心中充满了怨恨，并不是针对她，而是针对那股将他们分开的外部力量。他回想着他们一起度过的那些快乐的日子。带着一种混合着欢愉与恼怒的古怪心情，他意识到自己此生第一次如此依赖另一个人，以至于自己的幸福是完全由她掌管的。日子全都被浪费在了琐碎、无关紧要的事情上了。因为经历了如此亲密无间、如胶似漆的三周，所有的日常消遣都变得格外枯燥乏味与无足轻重。唯一可以令他容忍的是与圣约翰谈论蕾切尔的病情，仔细地讨论每一个症状及其含义。当这个话题结束以后，他们就继而讨论所有类型的疾病，讨论它们的成因以及治疗方法。

他每天去看望蕾切尔两次，每次的情形都一模一样。走进她那并不十分昏暗的房间，看到那些曲谱与往常一样摆放着，以及她的那些书籍与信件，他的情绪立刻就高涨了起来。当见到她的那一刻，他整个人完全地放下心了。她看上去病得不是非常严重时，他会坐在她的身旁，用他平时一贯的声音对她讲一讲自己最近正在做的事情，只是音调比平时更为低沉；然而当他坐上五分钟后，就会陷入极度忧郁的情绪中。她与以往大不相同了；他无法使他们的关系恢复往昔的状态了；尽管他知道自己竭尽全力试图将她带回以往的状态中、令她回忆起他们之间的亲密行为是十分愚蠢的，但当他的努力以失败告终的时候，还是感到了一阵绝望。每当他离开她的房间时，心中总是暗下结论，见到她比不见她更加糟糕。然而随着时间流逝，逐渐地，渴望见到她的愿望又在他的心中萌芽，并且强烈得让他几乎难以忍受。

当周四一早特伦斯走进她房间的时候，他与往常一样感到信心倍增。她转过身来，努力回想着一些发生在几百英里以外的事情。

“你是从宾馆过来的吗？”她问道。

“不，我这几天住在这里了，”他说，“我们刚结束午餐，邮差来了。有一捆信是寄给你的——从英国寄来的。”

他以为她会说自己希望能够读读那些信件，她却一直一言不发。

“你看，他们就在那儿，从山坡上滚了下来。”她突然开口说道。

“滚下来？蕾切尔，你看到什么东西滚了下来？那儿什么都没有啊。”

“手里拿着刀的老妇人。”她回答道，但不是对着特伦斯说的，而是望着他的身后。她似乎在盯着对面架子上的一个花瓶，于是他起身把它取了过来。

“现在他们再也不会滚下来了。”他高兴地说。但她依然凝视着同一位置，无论他对她说些什么，她也不在意。他悲痛欲绝，无法在她的身旁继续坐下去了。他四处徘徊着，最终找到了正在阳台上阅读《泰晤士日报》的圣约翰。他温柔地把报纸放在了一旁，倾听着特伦斯描述蕾切尔的精神错乱。他对待特伦斯耐心十足，把他当小孩一样。

到了周五，她的疾病不再被当作那种一两天内就会痊愈的小疾了；而被看作是那种需要精心护理、至少安排五个人专心照料的大病。但也不需要为此感到焦虑。即便五天没有痊愈，那十天也会痊愈的。罗德里格斯说这种疾病有很多常见的种类。他似乎认为他们过度焦虑了。每次出诊，他的脸上都带着同样的自信。在与特伦斯的交谈中，他总是挥着手，对特伦斯的焦思苦虑与提出的琐碎问题一笑置之，似乎在暗示他们把这种疾病看得过于严重了。他似乎十分不愿意坐下来。

“体温高，”他一边说着一边偷偷打量着房间，似乎相比其他事物，家具和海伦的刺绣更令他感兴趣，“这种天气下，很难体温不高。不必为此感到惊慌。这是因为我们的脉搏（他轻轻拍了拍自己毛茸茸的手腕），脉搏在连续有力地跳动。”

他随后鞠了一躬，溜了出去。由于双方都需要使用法语，再加上他的乐观主义，他们的交谈进行得十分艰难。况且，特伦斯也对这里的医疗情况略有耳闻，所以对他比对自己遇到的其他医生更为宽容。不知不觉间，他站在了罗德里格斯一边，反对起了似乎对这位医生抱有莫名成见的海伦。

周六来临，这一天的安排显然比之前都要严谨。圣约翰提供了帮助；他说自己没什么事情要做，如果能够派上用场的话，他可以一整天都待在别墅里。如同即将一起进行一次艰难探险，他们分配了各自的职责，在一大张纸上制定了一份周密的时间计划，钉在了会客室的门上。考虑到这里与镇子间的距离，以及在偏僻的地方采买不清楚名字的稀有东西的难度，他们非常有必要进行仔细与周密的计划。他们发现完成这些简单而实际的事情竟然出乎意料的困难，就仿佛身为巨人的他们被要求弯腰在地面上把细小的沙粒排列成特定的图案一样。

圣约翰的职责是从城里采购所需物资，这样特伦斯就可以在漫长炎热的夏日独自坐在会客室靠门的位置，倾听着楼上的任何响动或者海伦的呼喊。他总是忘记把窗帘拉下，因此总是坐在耀眼的阳光中。这令他感到有一丝焦虑，但又不知道是什么原因造成的。房间枯燥乏味又令人不适。椅子上搭着帽子，书籍间混杂着药瓶。他试着读书，但好书过于优秀，坏书又太过糟糕，他唯一可以读进去的只有报纸。上面写满的伦敦新闻，以及真实世界中人们举办的宴会、演讲活动，似乎为他展现了真实世界的冰山一角，否则这世界对他来说只有噩梦。然而，每当他把注意力集中到那些印刷字体的时候，就会传来一声海伦的轻柔呼喊，或是契莱太太带来一些楼上需要的东西，他就会穿着袜子悄悄地跑上楼，把水壶放在卧室门外摆满水壶与茶杯的小桌子上；如果他能见到海伦的话，就会询问，“她怎么样了？”

“还是在辗转反侧……但总的来说，我觉得她安静些了。”

不是这个就是另外一个回答。

与往常一样，她似乎隐瞒着什么没有说出口。特伦斯知道他们两个的意见不统一，互相较着劲，但都没有明说。她的每次出现都太匆匆忙忙与心事重重，无暇多说几句。

特伦斯时刻紧张地听着动静，竭力安排好一切以确保事情顺利进行。这些工作令他精疲力竭。身处这场漫长而沉闷的噩梦之中，他没有试图去探究这一切意味着什么。蕾切尔生病了——这就是一切——他必须准备好药品和牛奶以备不时之需。他的思维停滞了，生活本身也停顿了下来。由于紧张程度与日倍增，尽管在其他方面并没有任何变化，周日的情况变得比周六更加糟糕。过去平常日子中他不时感受到的心花怒放、兴致勃勃与痛心疾首，现在融合成了一种持续的愁闷不安与乏味厌倦。自从孩童时期被独自关在托儿所里以来，他还从未感受到如此的烦闷无聊。蕾切尔现在那种混沌迷茫的眼神，几乎令他无法回忆起她以前的样子了；他甚至无法相信他们曾经度过了一段幸福的时光，并且因为他们之间的热烈情感而订过婚，那究竟是种什么样的情感呢？每一个场景与每一位人物在他的眼中都变得模糊不清，他似乎透过迷雾看到了圣约翰、里德利和不时出现的一些前来问询的迷路游客；唯一没有隐没在这迷雾中的只有海伦与罗德里格斯，因为他们可以为他带来一些关于蕾切尔的准确消息。

尽管如此，日子还是如往常一样继续着。他们还是会在特定的时间走进餐厅，围坐在餐桌旁，聊着一些无足轻重的事情。通常是由圣约翰来挑起话题，并负责在聊天过程中避免冷场。

“我发现了一个能让桑乔经过白房子的办法，”在周日的午餐时间圣约翰说道，“你在它的耳边把一张纸弄得噼啪作响，它就会冲出大约一百码，但之后又会走得好好的。”

“没错，但是它需要玉米。你得确保它能吃到玉米。”

“我不太在乎他们喂给它什么食物，安杰洛看起来像是个卑劣的小无赖。”

紧接着是一段长时间的沉默。里德利小声地咕哝了几句诗歌，然后像是要掩盖自己刚才的行为一样，说了一句，“今天真是太热了。”

“比昨天热了两度，”圣约翰说道，“我想知道这些坚果是从哪里来的？”他说着，从盘子中拿起了一颗坚果，他在指间翻来覆去地观察着。

“伦敦，我想。”特伦斯说道，眼睛同样望着坚果。

“有能力的生意人很快就能在这里发大财，”圣约翰继续道，“我猜高温对人们的大脑产生了一些有趣的影响，甚至英国人都变得有些奇怪。总之都是些不好打交道的人。今天早晨，他们竟然无缘无故地让我在药店里等了四十五分钟。”

又是一段长时间的沉默，然后里德利开口道：“对罗德里格斯还满意吗？”

“非常满意，”特伦斯坚定地说道，“一切只能听天由命了。”里德利听罢深深地叹了口气。他对每个人都感到由衷的抱歉，但同时他也十分地想念海伦，还对这两个年轻人一直待在这里感到有些不满。

他们又回到了会客室。

“看看这儿，赫斯特，”特伦斯说道，“这两小时没什么需要做的事情。”他指着钉在门上的计划表，“你去躺一会儿吧。我在这儿等着。海伦吃午餐时契莱太太会去陪着蕾切尔的。”

对赫斯特来说，不让他见上海伦一眼再离开是十分痛苦的。尽管她可能不会对他们说什么，但这些与海伦的短暂碰面是他每日愁闷不安与乏味厌倦间的唯一慰藉，并且能够缓解他一整天的不适。然而，既然他们是在共同进行探险，他决定服从这次安排。

海伦很晚才下了楼。她看起来像是在黑暗中坐了很久，脸色苍白，越来越瘦，脸上带着疲惫不堪但又十分坚定的神情。她飞快地吃完了午餐，似乎此刻正在进行的事情无关紧要。她没有理睬特伦斯提出的问题，最后却皱着眉头望向他，仿佛他一句话都没有说过似的，对他说道：

“我们不能再这样下去了，特伦斯。要不你去找另外一个医生过来，要不你叫罗德里格斯不要来了，我自己能负责。他总是说蕾切尔好些了，但这根本没用；她完全没有好转，反而变得越来越糟。”

特伦斯的内心受到了一股强烈的冲击，就如同蕾切尔说“我头痛”时一样。他安慰自己，是海伦过度紧张了。他依然固执地坚持自己的观点，认为她这么说是为了反驳他的观点。

“你觉得她会有生命危险吗？”他问。

“没人受得了她这样日复一日地病着——”海伦看着他回答道，带着仿佛针对某个人的愤怒语气。

“那好吧，我今天下午和罗德里格斯谈谈。”他说。

海伦立刻上楼去了。

现在没有什么能够缓和特伦斯的焦虑了。他无法静下心来阅读，也无法安稳地坐着，他的安全感被撼动了。尽管他内心相信海伦只是在夸大其词，蕾切尔实际上并没有病得那么严重，但他需要第三个人来证实他的想法。

罗德里格斯刚一走下楼，他就立即问道，“她怎么样了？你觉得她的病情严重了吗？”

“不需要为此感到焦虑，我告诉你——完全不需要。”罗德里格斯用蹩脚的法语回答道，脸上带着不自然的笑容，脚下一直在微微挪动着，仿佛随时准备离开。

休伊特坚决地站在他和大门的中间，下定决心要亲自看看他究竟是个什么样的人。当看到眼前这个人毫不起眼，外表肮脏，毛发旺盛的面孔上一脸呆相，休伊特之前对他的信心瞬间土崩瓦解了。奇怪的是，他以前都未曾注意到这些。

“如果我们请您去请教另外一位医生，您当然也不会反对的吧？”他继续说道。

听到这里，这位矮小的男人明显被激怒了。

“啊！”他叫嚷道，“你们不信任我？你们质疑我的治疗？你们希望我放弃这个病人？”

“完全不是，”特伦斯答道，“但这种严重的疾病——”

罗德里格斯耸了耸肩。

“根本不严重，我向你保证。你们过于焦虑了。这位年轻的女士并没有患上严重的疾病，而且我是一位医生。当然，女士会感到害怕，”他冷笑道，“我完全理解。”

“其他医生的姓名和地址是？”特伦斯继续问道。

“没有另外的医生了，”罗德里格斯愠怒地回答，“大家都很信任我。来！你看看这些。”

他拿出了一捆陈旧的信件，一封一封地翻动着，好像在寻找能够驳斥特伦斯质疑的那一封。在这过程中，他开始讲述一个关于对他极其信任的英国贵族的故事——那是一位著名的英国贵族，只是很可惜，他忘记了他的名字。

“这里没有其他的医生了。”他最后说道，手中依然在翻找信件。

“没关系，”特伦斯立即说道，“我会自己去找的。”罗德里格斯把信件放回了他的口袋。

“那好，”他说，“我不反对。”

他抬起眉毛，耸了耸肩，似乎在重复着他的观点——他们把这病看得太严重了，而且这儿也没有其他的医生。随后他就溜了出去，让人感觉他意识到了自己不被信任，并因此产生了怨恨。

在这之后，特伦斯再也无法待在楼下了。他走上楼，敲响了蕾切尔的房门，询问海伦他能否探望几分钟，他昨天就没来见蕾切尔。她没有反对，走到窗前的桌子旁坐了下来。

特伦斯坐在了床边。蕾切尔的脸庞已经与以往大不相同了，看上去似乎整个人都在全力以赴地努力维持着生命。她的双唇苍白，脸颊凹陷和发红，但没有一丝血色。她的双眼半开半合着，露出了下半部分的眼白，仿佛她半睁着双眼不是为了要看清事物，而只是因为过于虚弱疲惫，没有力气合上它们。当他亲吻她的时候，她完全睁开了眼睛。但在她的眼中，只看到了一位老妇人在用刀割下一个男人的头颅。

“它掉下来了！”她小声地说。随后她转向特伦斯，焦急地问了他几个关于一个骑着骡子的男人的问题，但他没有听明白。“他为什么不过来？他为什么不过来？”她重复着。一将楼下那个肮脏的小个子男人与这种疾病联系到一起，他完全变得目瞪口呆，本能地转向了海伦。然而她正在靠窗的桌子上做着什么事情，丝毫没有意识到他内心受到的巨大打击。他再也听不下去了，起身准备离开；他的心脏由于愤怒与痛苦而剧烈地跳动着。当他从海伦身旁经过的时候，她用往常那种疲惫、不自然但坚定的语气请他再送上来一些冰块，并把外面的水罐装满新鲜牛奶。

当完成这些差事以后，他去找了赫斯特。因为又累又热，圣约翰已经在床上睡着了，但特伦斯毫无顾忌地叫醒了他。

“海伦认为她的病情在恶化，”他说，“毫无疑问，她病得极其严重。罗德里格斯毫无用处。我们必须得请另外一个医生过来。”

“但是这里没有其他的医生。”赫斯特坐起身，揉着眼睛迷迷糊糊地说道。

“别犯傻了！”特伦斯喊道，“这里当然有其他的医生。要是这里没有的话，你就去其他地方找一个过来。几天前就应该这么做了。我下楼去装马鞍。”他无法允许自己在这里静止不动。

不到十分钟的时间，圣约翰已经骑上了马，准备顶着炎炎烈日去镇上寻找医生。他必须要找到一位医生，并将他带回来，无论耗费多少心力。

“我们早就该这么做了。”休伊特气愤地重复着。

当他回到会客室的时候，发现弗拉辛太太正笔直地站在大厅中央。最近人们经常这样悄悄地穿过厨房或者花园走进来。

“她好些了吗？”他们都还没来得及握手，弗拉辛太太就突然开口问道。

“没有，”特伦斯说道，“如果有什么变化的话，那就是他们认为她更加糟糕了。”

弗拉辛太太似乎在考虑着什么，双眼直直地盯着特伦斯。

“让我告诉你，”她突然略带紧张地开口说，“人们总是会在第七天的时候变得焦虑。我敢说，你肯定一直坐在这里庸人自扰。你觉得她越来越糟糕了，但别人用全新的眼光来看她时，肯定会觉得她好转了。艾略特先生也发烧了，现在都已经没事儿了，”她继续说道，“她的病不是在出游途中染上的。这有什么严重的呢——几天的发烧？我弟弟有一次发烧了二十六天，但一两周之后他就痊愈了。我们除了牛奶和竹芋粉什么也没给他吃——”

这时契莱太太捎来了口信。

“我得上楼去了。”特伦斯说。

“等着瞧吧——她会好起来的。”当他离开大厅的时候，弗拉辛太太突然喊道。她非常渴望说服特伦斯，他离开的时候却一句话都没有说，这令她感到失望与不满；她不想继续待在这里，但又不舍得就这样离开。她在一间间的房间中徘徊，寻找可以与她聊天的人，然而所有的房间都是空空荡荡的。

特伦斯走上楼，站在屋里听着海伦的指挥。他望着蕾切尔，但并没有试图与她讲话。蕾切尔隐约注意到了他的到来，但这似乎打扰到了她。她转了个身，把背影留给了他。

她已经有六天完全没有注意过外面的世界了，因为她全部的注意力都被用来关注不断出现在眼前的那些鲜红炙热、迅速移动着的景象。她觉得自己应该注意这些景象并且领会其中的含义，但她总是迟了一步，没能听到或者看到解释其中奥妙的关键部分。因为这个原因，当那些脸庞——海伦的、护士的、特伦斯的、医生的——有时离她非常近的时候，她非常担心它们会分散她的注意力，令她可能会因此错过重要的线索。然而，在第四天的午后，她突然无法将海伦的脸从那些幻想的景象中区分出来；当海伦在床边俯身的时候，她的嘴唇变宽了，而且开始和其他人一样发出难以理解的叽里咕噜声。那些景象都是与一些关于冒险或逃亡的秘密计划有关。他们所做的事情在不停地改变，但背后总是隐藏着一个原因，而蕾切尔就必须要竭尽所能去探寻这个原因。他们一会儿在树林与野人之间，一会儿在海上，一会儿又在高塔的顶端；他们一会儿在跳跃，一会儿又在飞翔。但就在关键情节即将发生的时候，她的脑海中总会溜进什么杂念，因此她之前的努力全部都白费了。高温令她窒息。最后，那些脸离她越来越远了：她掉入了一个黏糊糊的深潭之中，潭水没过了她的头顶。她什么都看不到，什么也听不到，除了一种微弱的轰鸣声，那是海水在她头顶翻涌的声音。所有给她带来烦恼的人都认为她已经死了，但她并没有死，只是蜷缩在了海底。她就躺在那里，时而满目黑暗，时而满目光亮，而有人在海底不时地为她翻身。

当圣约翰在骄阳下与含糊其辞又喋喋不休的当地居民

纠缠了几小时以后，他弄清了这里的确有一位医生，是一位法国医生，但他现在正在山里度假。据他们说，圣约翰不可能找得到他。根据圣约翰对这个国家的了解，他认为这里无法收发电报；但由于目前他与山上小镇的路程已经由一百英里缩减到了三十英里，因此他雇了一套马车，马上动身前往医生所在之地。圣约翰成功地找到了医生，并且最终说服他很不情愿地离开了他年轻的妻子，立马与圣约翰一起返程。他们在周二的中午到达了别墅。

特伦斯出来迎接了他们。圣约翰吃惊地发现这几天他明显地消瘦了，也变得苍白了，眼神看起来怪怪的。勒萨热医生干练的话语与严肃而专业的态度给他们留下了良好的印象，尽管与此同时，他明显地对这整件事情感到十分烦闷。他走下楼梯，明确地给出了一些指示，丝毫没有受到旁边卑躬屈膝又怀恨在心的罗德里格斯的影响，也没有想当然地认为他们已经清楚一切。

当特伦斯问他“她病得严重吗？”的时候，他耸了耸肩膀说道，“当然。”

勒萨热医生离开以后，他们都有了一种如释重负的感觉。他留下了一些明确的指示，并保证几小时后再来出诊。但不幸的是，精神的放松导致他们的话比平时多了起来，而在交谈中他们争吵了起来。他们争吵的焦点是一条路——朴次茅斯路[1]。圣约翰说经过欣德黑德的那一段是碎石路；而特伦斯说自己对它了若指掌，非常肯定那一段路绝对不是碎石路。在争论过程中，他们互相说了一些非常刻薄的话。除了里德利偶尔发出几声低沉的自言自语，晚餐的剩余时间都是在沉默中度过的。

当天色变暗，灯光亮起的时候，特伦斯感觉自己再也无法压抑心中的情绪。圣约翰已经精疲力竭，准备上床睡觉了。由于他们刚才发生了争吵，圣约翰用比平时更温柔的语气对特伦斯道了晚安。里德利则继续埋头读书，只剩下特伦斯独自在房间中走来走去，最后在敞开的窗前站定。

下面镇上的灯光一盏接一盏地亮起，花园中十分安宁与凉爽，于是他走上了阳台。他身处黑暗之中，只能透过

① 朴次茅斯路（the Portsmouth Road）：连接伦敦和朴次茅斯的一条公路。经过发展和演变后成为现在的英国 A3 公路。

微弱的灰色光线隐约看清树木的形状。他整个人都被逃跑的欲望控制，想要逃离这种痛苦，忘记蕾切尔患病的事实。他任凭自己坠入到遗忘一切的泥沼中。如同不曾停歇的狂风突然陷入沉睡一般，那些一直压在他身上的焦虑、紧张与烦躁烟消云散了。他似乎独自一人站在一个小岛上，置身于一片安宁祥和之中；他此刻毫无痛苦，也不再会被痛苦侵袭。蕾切尔痊愈还是生病，这无关紧要；他们分开还是在一起，这也无关紧要；什么事情都是无关紧要的——什么事情都是无关紧要的。波浪在远处拍打着海岸，柔和的微风穿过树枝，似乎带着平和与安宁、黑暗与虚无包裹着他。显然，充满了纷争、烦躁与焦虑的世界并不是真实的世界。这隐藏在表层世界之下的世界才是真实的世界。在这里，无论发生了什么事情，每个人都是无忧无虑的。平静与安宁的感觉像是凉爽的床单包裹着他的躯体，抚慰着他的每一根神经；他的理智似乎又膨胀了起来，变回了自然状态。

然而，当他这样站了一会儿之后，房子里的一阵响动将他唤醒了，他本能地转身走进会客室。那灯火通明的房间令他在一瞬间记起了一切，他惊得动弹不得，只得站在原地。他记起了一切，甚至是每一小时、每一分钟发生的事情，也记起了他们目前的处境以及未来的境况。他嘲笑自己刚才竟然相信一切都已经变好了。现在这个夜晚变得比以往更加难熬了。

他无法再在空空荡荡的会客室中待下去了，于是走了出去，坐在通往蕾切尔房间的楼梯上。他渴望可以和谁说说话，但是赫斯特已经睡着了，里德利也已经睡着了，蕾切尔的房间中没有一丝响动。整座房子中唯一的响动就是契莱太太在厨房中走动的声音。终于，头顶上方的楼梯传来了窸窸窣窣的声音，麦金尼斯护士一边系着袖口的带子一边走了下来，她在为夜晚的看护做准备。特伦斯起身拦住了她。他几乎没有和她说过话，但她也许可以证实他仍然相信蕾切尔病得不重的想法。他轻声告诉她勒萨热医生来过了，并且告诉了她医生的嘱咐。

“那么，护士，”他低语道，“请告诉我你的意见。你认为她病得十分严重吗？她有生命危险吗？”

“医生已经说过了——”她开口回答。

“是的，但我想听听你的意见。你经手过很多这种病例吗？”

“我知道的并不比勒萨热医生多，休伊特先生，”她谨慎地说道，仿佛是在担心她的回答会对自己不利，“病情的确非常棘手，但请您放心，我们都在竭尽所能帮助温雷丝小姐。”她的语气带着某种专业人士的自以为是。但她也许是意识到了自己没能让这位仍旧挡住她去路的年轻人感到满意，她在楼梯上轻微挪动了一下双脚，透过窗户看向了海上的明月。

“要我说的话，”她用一种古怪又神秘的腔调说道，“因为我的病人，我从来都不喜欢五月。”

“五月？”特伦斯问道。

“也许只是我的幻想而已，但我不希望看到任何人在五月生病，”她继续说道，“事情总是在五月变得糟糕。可能是因为月亮的缘故。他们说月亮对大脑会产生影响，是这样吗，先生？”

他看着她，没有回答。与其他人一样，当被盯着的时候，她就仿佛会在人们的眼皮底下枯萎，变得毫无价值、居心叵测与难以信赖。

她从他的身边溜了过去，消失了。

虽然他回到了自己的房间，却连衣服都不想脱。他在屋里来回地踱步了很久，然后探出窗外，凝视着在灰蓝色的天空下显得格外黑暗的大地。带着恐惧与厌恶，他看了看花园中依然清晰可见的修长的黑色柏树。耳中传来陌生的吱吱嘎嘎声以及摩擦声，这说明大地依旧是温热的。所有这些景象与声音似乎都是不祥之兆，充满了深深的恶意与大祸临头的预示；似乎当地居民、护士、医生以及疾病的可怕力量在密谋着一起对付他。他们似乎联合起来，尽最大努力令他受到巨大的折磨。他无法适应这种痛苦。但这对他来说也是一种启示，他以前从来没有意识到，在每一个动作的背后，每一日生活的背后，都隐藏着痛苦，虽然处于休眠状态却时刻准备着毁灭一切；他仿佛可以看到苦难，如同一团火焰，蜷缩在所有行动的边缘，吞噬着男男女女的生命。他平生第一次理解了那些对以前的他来说十分空洞的词语：生活的挣扎，生活的艰难。现在他自己弄明白了，生活是艰难的，充满了痛苦。他望着镇子下面星星点点的灯光，想着亚瑟和苏珊，伊芙琳和佩罗特。他们在不知不觉间开启了冒险之旅，在他们幸福的生活中也可能会出现同样的痛苦。他想知道，他们怎么敢彼此相爱呢；而他自己怎么敢像以前那样生活呢，那样转瞬即逝又漫不经心，不断从一件事跳到另一件事？怎么能像以前那样爱着蕾切尔呢？他永远也不会拥有安全感了；永远不会相信生活的稳定，或忘记微小的幸福、满足感和安全感背后隐藏着的痛苦深渊了。当回首过往的时候，他觉得他们的幸福从来没有像他现在经历的痛苦这样伟大。他们的幸福中总是存在着某些不完美的东西，某些他们一直渴望却无法企及的东西。那些都是支离破碎、残缺不全的，因为他们都太年轻，还不清楚自己在做什么。

他房间的烛光在窗外树木的枝干上闪烁着，随着树枝在黑暗中摇曳，他的脑海中描绘出一幅窗外世界的完整景象；他仿佛看到了那浩瀚的河流与广袤的森林，那辽阔无垠的大地与环绕四周的无边无际的大海；天空自海面急剧升起，宽广开阔，而空气在海天之间摇曳。伴随着微风，今晚的夜色是如此浓郁与漆黑；他好奇在这片开阔的空间中，镇子为何如此稀少，那些渺小的光环或他眼里的发光蠕虫是如何在世界上这不断膨胀的荒废区域中四处散落的。在这些镇上住着渺小的男人和女人，微小的男人和女人。噢，一想到要坐在这间小屋子里受苦受难，他就觉得这真是太荒唐了。这些有什么要紧的呢？蕾切尔，这个微小的生物，正病恹恹地躺在下面的房间中，而他在自己的小屋中因为她而备受煎熬。在这浩瀚的宇宙中，他们这些躯体的紧密联系以及渺若尘埃，在他的眼中是荒谬可笑的。没有什么是要紧的，他重复道。他们没有力量，没有希望。他靠在窗台上，就这样思考着，直到几乎忘记了身处的时间与空间。然而，尽管他相信这一切都是荒谬可笑的，他们是微乎其微且毫无希望的，但他从未失去一种感觉：这些想法在某种程度上构成了他与蕾切尔共同生活的一部分。

或许是因为更换了医生，蕾切尔第二天看起来有好转。尽管海伦看起来面色苍白、疲惫不堪，但多日以来一直笼罩在她眼中的阴云略微散去了一些。

“她对我说话了，”她主动说道，“她问我今天是周几，像以前一样的语气。”

突然间，毫无任何预兆或者明显的缘由，她的眼中噙满了泪水，顺着面颊缓缓地滚落下来。她毫不掩饰自己的泪水，也完全没有试图阻止泪水落下，仿佛根本没有发现自己在哭泣似的。尽管她的话带来了一丝安慰，但眼前的景象令特伦斯感到一阵惊慌；一切都已经失去控制了吗？莫非这种病有着无限的力量？难道一切都会屈服于它？在他的眼中，海伦一直都是坚忍不拔和意志坚定的，现在却表现得像个孩子一样。他伸手把她揽入怀中，于是她像孩子一般紧紧地抱住他，轻轻地在他的肩膀上啜泣。随后，她自己止住哭泣，擦去了泪水；这么做真傻，她说；太傻了，她重复道，毫无疑问蕾切尔今天好些了。她请求特伦斯原谅她刚才愚蠢的举动。她走到门口停了下来，转身走回来亲吻了一下他，什么都没有说。

这一天，蕾切尔确实对周遭的事物有了意识。她浮出了那漆黑黏稠的深潭的表面，伴随着波浪上下飘荡；她已经不再有任何自己的意愿；她浮在波浪上，感觉到一丝痛苦，但更多的还是虚弱。随后，波浪又被山坡替代。她的身体变成了正在融化的雪堆，而她的膝盖在这片光秃秃的巨大山峰之上露了出来。她的确看到了海伦，也看到了她身处的房间，但一切都变得苍白且半透明。有时她的视线甚至可以穿透面前的墙壁。有时海伦在离开的时候似乎去了很远的地方，蕾切尔的视线无法追踪到她。这房间中也有一种神秘的力量在蔓延。尽管她竭尽所能想把声音传得更远些，远得有时甚至会变成一只鸟儿扑腾着飞走，但她依然无法确定是否能够传到谈话对象的耳中。时间在这一刻与另一刻之间存在着巨大的间隔或深渊，因为事物依旧会在她的眼前浮现出来；有时候，海伦抬起她的一条胳膊就要花上一小时，并且每一个急促动作都伴随着漫长的停顿，需要花上很长时间才能完成倒药的动作。海伦弯腰将她扶起时的身影看起来无比巨大，站在她身旁时就像是坍塌的天花板。然而，在很长一段时间，她都只能感知到自己的身体在床的上方漂浮，她的心灵被驱赶到了身体的某个遥远的角落中，或者逃离了自己的身体，在屋子中四处飘荡。所有的画面都需要经过努力才能够看清，然而特伦斯的画面则需要做出最大的努力，因为他迫使她的心灵回到身体之中去回忆一些事情。她不想回忆，当人们打扰到她的独处时，她感到很困扰。她渴望独处。除此以外，她在这世上不再需要其他任何东西。

尽管海伦刚哭过，特伦斯还是从她的身上看到了对康复更加强烈的信心；对于他们之间的争论，她率先承认了自己的错误。那个午后在等待勒萨热医生下楼的时候，他感到了巨大的焦虑，但在内心深处依然确信不久之后他就会令大家承认他们的想法错了。

像往常一样，勒萨热医生绷着脸，回答简短。当回应特伦斯的问题“她看起来好些了吗？”的时候，他用一种古怪的方式盯着特伦斯说道，“她还有一线生机。”

门关上了，特伦斯走到窗边，把前额抵在窗玻璃上。

“蕾切尔，”他自言自语地重复道，“她还有一线生机。蕾切尔。”

他们怎么能这样评价蕾切尔呢？就在昨天谁又能真的相信蕾切尔就要死了呢？距离他们订婚，已经过去了四周。两周前她还是健健康康的。仅仅过去了十四天，她怎么就变成了现在的这个样子呢？他完全无法理解他们口中所说的，她还有一线生机究竟意味着什么，就如同无法理解他们的订婚意味着什么一样。他转过身向门口走去，周身依旧笼罩在这阴沉的迷雾中。猛然间，他看清了一切。他看清了房间和花园，看清了树木在空中摇曳；没有她，这些事物也可以继续存在；而她却可以死去。自从她生病以来，他第一次准确地记起了她的样子，以及他们之间的感情。一种她近在身旁的巨大幸福感与一种比以往更为强烈的焦虑感混合在一起涌上了他的心头。他不能让她死去；没有她，他无法继续活下去。然而，经过了片刻的挣扎，窗帘再次合了起来，他无法清晰地看到和感受到什么了。一切都在继续着——依旧像往常那样继续着。除了感觉到心脏跳动时的疼痛以及手指的冰冷，他并没有意识到自己在为了什么事情而感到焦虑。在他看来，他似乎对蕾切尔或对世界上任何人和任何事都毫无感觉。他继续发号施令，安排契莱太太的工作，列出清单，并且时不时上楼把一些东西悄悄地放在蕾切尔门外的桌子上。那天晚上，勒萨热医生似乎不像平时那样绷着脸。他自愿在这里留了一会儿，用同样的态度与圣约翰和特伦斯说着话，好像忘了他们中的哪一个和那位年轻的女士订了婚。他说，“我觉得她今晚的病情十分严重。”

他们都没有去睡觉，也没有劝说对方去睡觉，而是敞着门坐在会客室中玩纸牌。圣约翰在沙发上铺了张床，坚持让特伦斯躺在上面。他们开始争论谁应该躺在沙发上，而谁应该躺在几把铺着毯子的椅子上。圣约翰最后强迫特伦斯躺在了沙发上。

“别犯傻了，特伦斯，”他说，“要是不睡觉的话，你就会生病。”

“老朋友。”因为特伦斯仍在拒绝，他又开口说道，但突然停住了，因为担心自己的多愁善感。他发现自己就快要哭出来了。

他开始讲出自己一直想要说出口的话，说他为特伦斯感到抱歉，说他喜欢特伦斯，也喜欢蕾切尔。她知道他究竟多么喜欢她吗——也许她曾经说过或者问起过？他非常渴望讲出这些话，但考虑到这毕竟是一个非常自私的问题，他最终还是忍住了；现在用这些事情烦扰特伦斯又有什么用呢？况且，他已经陷入半睡半醒的状态了。但圣约翰无法马上睡着。他躺在黑暗中思忖着，要是什么事情能马上发生就好了——要是这种焦虑能够赶紧结束就好了。他不在乎发生什么，只要能够打破这种艰难而沉闷的日子就行；即使她死了，他也不会在乎。想到自己根本不在意她的死活，他觉得自己有些背信弃义，但他似乎已经失去了任何感觉。

除了卧室门开关了一次以外，整晚都没有传来呼叫或移动的声音。阳光逐渐又洒入了凌乱的房间。在六点钟时，仆人开始活动了；在七点钟时，他们蹑手蹑脚地下楼来到厨房；半小时以后，新的一天又开始了。

然而，这一天同以前的日子并不一样，虽然也很难说清到底哪里不一样。也许是因为他们似乎正在等待着什么。需要完成的事情比平时要少。人们缓缓地穿过会客室。弗拉辛先生与索恩伯里夫妇小声地道着歉，回绝了请他们坐下的邀请，却在旁边站了很长时间。虽然他们不断说着，“有什么是我们能够做的吗？”但这里没有任何需要他们做的事情。

特伦斯有种奇怪的感觉，仿佛自己与这一切都毫无关系。他记起海伦曾经说过，无论在你身上发生了什么，人们都会这样做的。她说的是对是错呢？他没有兴致在脑海中得出自己的结论。他暂时把这些事情放到了一旁，好像自己以后会再思考，但不是现在。那虚幻的迷雾越来越浓厚，最后令他的身体产生了一种麻木的感觉。这是他的身体吗？这真的是他自己的双手吗？

这个早晨，里德利第一次感觉自己不能再继续独自坐在房间中了。他在楼下感到十分不自在，也并不了解事情的进展，但他没有离开会客室。由于无法安心阅读，也无事可做，他便开始一边踱步一边低声吟诗。特伦斯和圣约翰一整个早上都在不停地忙碌着——一会儿打开包裹，一会儿拔掉瓶塞，一会儿又写下说明。里德利的诗歌与踱步声如同一段似懂非懂的诗歌叠句，潜入了他们的脑海中：

他们扭打过来，他们扭打过去，

时而激烈，时而僵持；

蒙蔽人们眼睛的恶魔，

那天晚上终于如愿以偿。

如果鹿儿在草丛中筋疲力尽

他们停下来休息一会儿——[①]

“噢，这真让人受不了！”赫斯特喊道，随后低头审视了一下自己，仿佛刚才破坏了他们之间的约定。为了收集蕾切尔的消息，特伦斯一次又一次地爬到楼梯中间。但他得到的消息都是支离破碎的：她喝了一点东西；她睡了一会儿；她似乎更加安静了。勒萨热医生也是如此，对病情的细节守口如瓶。只有一次主动提到自己刚刚为一位已经去世了的八十五岁老妇人切断了手腕的血管，因为她总是担心自己会被活埋。

“这种担心，”他说道，“一般发生在老人身上，很少在年轻人身上见到。”他们都对他讲述的内容产生了兴趣，这对他们来说非常离奇。那天另外一桩离奇的事是他们全部都忘记了吃午餐，直到午后才想起来。契莱太太服

① 摘自十九世纪英国文学家查尔斯·金斯利（Charles Kingsley）的《新森林歌谣》（*A New Forest Ballad*）。

侍他们的时候，看起来也很奇怪。因为她穿了一件僵硬的印花连衣裙，袖子卷在胳膊肘上面。然而，她就如同在半夜刚被火警警报从床上吵醒似的，完全没有注意自己的打扮，同时也忘记了矜持与镇静；她对他们很亲密地讲着话，就像他们是被赤裸地放在膝头照料的小孩一样。她一遍又一遍地对他们强调，吃饭是他们的责任。

因此午后的时光被缩短了，比想象中过得还要快。有一次弗拉辛太太打开了门，但看到他们以后又马上关上了；还有一次海伦下楼取东西，但离开房间的时候停住了脚步，低头读起了一封寄给她的信。她站在那里翻来覆去地阅读着手中的信件。那非同寻常又略带忧伤的优美姿态打动了特伦斯——就像对待其他事物一样，他把这个场景记在了脑海中以便日后回味。他们很少开口说话，而他们之间的争论似乎已经暂缓或被遗忘了。

此刻，午后的阳光已经离开了房子的正面。里德利沿着露台来回踱步，用忽高忽低的声音吟诵着一首长诗的片段。随着他的来回经过，诗歌断断续续地顺着敞开的窗子飘了进来：

佩奥尔与巴力姆

抛弃了他们暗淡的庙宇，

与那猛击两次的巴勒斯坦之神

以及月亮般的亚斯塔罗斯——[1]

这些诗句令这两位年轻人感到十分不安，但他们不得不忍耐着。随着夜幕的降临，夕阳的余晖在遥远的海面上闪耀。一想到白天已经快要结束，而夜晚即将来临，特伦斯与圣约翰不约而同地有了一种绝望的情绪。下面镇子的灯光一盏接一盏地亮起，这令赫斯特再次产生了那种可怕而糟糕的渴望——打破现实世界，痛快哭泣。随后契莱太太点亮了灯光。她解释说，玛丽亚在开瓶子的时候笨手笨脚地划到了胳膊，伤得很严重，但她已经给玛丽亚包扎好了；这里还有这么多事情要忙，真是太不幸了。契莱太太自己因为脚上患了风湿病，走起路来一瘸一拐的，但在他的眼里，

① 摘自约翰·弥尔顿的短篇诗集《基督诞生的清晨》。

留意仆人那不听使唤的躯体纯粹就是在浪费时间。夜晚时光在继续流淌。勒萨热医生出乎意料地来了，在楼上待了很久。中间下了一次楼，喝了一杯咖啡。

“她病得很严重。”在回答里德利的问题时，他说道。说这话的时候，他以往的恼怒情绪都消失了，语气既严肃又正式，但同时也充满了以前从未有过的关切。他又上了楼。剩下三个人坐在会客室中。除了时不时做出的一两个不自觉的细微动作，以及立刻住口了的半声惊呼，此刻的里德利十分安静，将全部的注意力都集中了起来。仿佛这是他们三个最后一次为了某件确切的事情面对面地坐在一起。

快到十一点的时候，勒萨热医生再一次出现在了房间中。他十分缓慢地走近他们，并没有马上开口。他先是看了看圣约翰，又看了看特伦斯，最后对特伦斯说道：“休伊特先生，我认为你现在应该上楼去看看。”

特伦斯马上站起了身，而其他两人继续坐在那里。勒萨热医生一动不动地站在他们两个中间。

契莱太太站在外面的走廊上，口中念念有词，“这太糟糕了——太糟糕了。”

特伦斯没有注意她，他听清了她口中的话，但没有往心里去。一路上楼，他不停地自言自语，“这种事不会发生在我的身上。这种事不可能发生在我的身上。”

他古怪地盯着自己搭在楼梯栏杆上的手。楼梯很陡，他似乎要花费很长时间才能爬到尽头。他没有任何激烈的情绪，即使知道自己应该感觉到什么，但还是什么都没有感觉到。当他打开门时，看到海伦正坐在床边。桌子上的烛光被遮挡着。房间中虽然到处都是东西，但十分整洁。微微传来了一股不太难闻的消毒剂味。海伦站了起来，沉默着把自己的椅子让给他。当错身而过的那一刻，他们的目光在一个奇特的角度相遇了，他惊异于自己双眼的格外清晰，以及他们内心深处那种深沉的平静与忧伤。他在床边坐了下来，随后听到门被轻轻地关上了。他与蕾切尔单独在一起了，以前他们独处时那种如释重负的感觉又涌上了他的心头。他望着她。他预感自己会在她的身上发现一些可怕的改变，但实际上并没有。她看起来的确非常瘦弱，在他看来，虽然她非常疲惫，却与往常并没有什么不同。她看见了他，并且认出了他。她微笑着对他说：“哈啰，特伦斯。”

那遮挡在他们之间的帘幕顷刻间烟消云散了。

“嗯，蕾切尔。”他用惯常的声音回答道。这令她睁大了眼睛，脸上露出了往常的微笑。他亲吻了她，握住了她的手。

“没有你的日子实在是太难熬了。”他说。

她依旧微笑地看着他。但很快眼中就露出了疲惫或困惑的神情，随后她又闭上了眼睛。

“我们在一起的时候，拥有了完美的幸福。”他说道，继续握着她的手。

在昏暗的烛光下，无法看清她脸上的表情变化。一股巨大的平静感充斥着特伦斯的内心，他不愿挪动也不想说话。前几日那可怕的痛不欲生与如梦似幻之感结束了，现在他进入了完美的现实世界与气定神闲之中。他又能够毫不费力和从容不迫地思考了。他坐在那里的时间越久，就越能清楚地感受到平静浸入了他灵魂的每个角落。他一度屏住了呼吸，专心致志地侧耳听着；她还在呼吸；他继续思考了一会儿；他们似乎在一同思考；除了他自己以外，他似乎也是蕾切尔；然后他又侧耳听着；不好，她停止了呼吸。一切变得更好了——这就是死亡。它不是任何东西，只是停止呼吸而已。它就是幸福，是完美的幸福。他们现在拥有了一直梦寐以求的团聚，而这对活着的他们来说却是天方夜谭。“从来没有两个人像我们这般幸福，也从来没有人像我们这般相爱。”他丝毫没有注意到这番话究竟是自己在心中思忖的还是大声说出口的。

在他看来，他们圆满的团聚与幸福泛起了一圈又一圈的涟漪，在房间中逐渐扩大。他在世间再也没有未尽的心愿。他们拥有了永远无法被夺取的东西。

他丝毫没有注意到有人走进了房间。过了一会儿，可能是片刻之后也可能是几小时以后，他感到身后有一只手臂。那双手臂环绕住了他。他不想被拥抱，也不想被难以理解的耳语打扰。他把蕾切尔已经冰凉的手放到了床单上，起身离开椅子，走到了窗边。窗帘没有被拉上，因此可以望见月亮，以及照耀在波浪表面的那一道长长的银色丝带般的月光。

“这是为什么呢，”他用平常的语气说道，“看看月亮。

月亮周围有一道光环。明天要下雨了。”

那双不知道是来自男人还是女人的手臂，再一次环绕住了他，并且轻轻地将他推向门口。他自己转过身，在那双手臂前大步地向前走去。仅仅因为有人死了，大家就表现得这样奇怪，这让他感到有一丝好笑。他可以按着他们的期望离开这里，但他们无法打扰到他的幸福。

当他看到屋外的走廊和放着杯盘的桌子时，突然意识到，在这个世界他永远见不到蕾切尔了。

“蕾切尔！蕾切尔！”他尖叫起来，试图冲回到她的身旁。但是他们阻止了他，把他推过走廊送到了一个远离她房间的卧室。在楼下可以听到他试图挣脱时脚步踏在地板上的砰砰巨响，接着又传来了他的呼喊声，“蕾切尔，蕾切尔！”

第二十六章

之后过去的两三个小时中，月亮继续透过空空荡荡的天空洒下光芒。因为没有云彩的遮挡，月光直直地落了下来，似寒冷的白霜一样覆盖住了海洋和大地。在这期间，一直没有人打破沉默。唯一在动的只有微微抖动的树木枝叶，以及映射在白色大地上的影子。在这一片肃静中只能听得到一种声音，那是轻微却持续不断的呼吸声，这声音从来没有停止过，尽管它也从来没有出现过高低起伏。这声音伴随着鸟儿开始拍着翅膀在枝头间飞翔的声响，又隐藏在鸟儿第一声微弱的啼鸣声中，这声音一直延续到东方天空泛白，继而慢慢变红，随后又出现一抹淡蓝的时刻。当太阳升起之后，这声音消失了，被其他的声音取代了。

首先听到的是一种有些含糊不清的哭声，那哭声听起来像是来自孩子或者穷苦人家，又像是来自极度虚弱或者正遭受痛苦的人。然而，当太阳升至地平线以上的时候，原本稀薄和黯淡的空气每一刻都在变得越来越浓厚和温暖，生命的声音也变得更加轰轰烈烈，充满了勇气和威风。渐渐地，炊烟开始从房屋上空摇摆不定地升起，随后缓慢地变得稠密了起来，最后形成了又圆又直的柱子；太阳没有照在苍白的窗帘上，而是直接照在了黑暗的窗户上，窗外是一片幽暗与空旷。

太阳已经升起来了好几小时，空气组成的巨大穹顶因为阳光薄薄的丝丝金光而变得温暖和闪亮，这时才有人踏入了宾馆。宾馆在晨曦中显得洁白而巨大，窗帘紧闭，好像还没有完全睡醒。

艾伦小姐在大约九点半的时候缓缓地走进了大厅，又缓缓地走到了放着早报的桌子旁边，但她并没有伸手去拿报纸；她静静地站在那里，微微歪着头思考着。她看上去出奇的老。从她的站姿来看，她有一些弯腰驼背，又有一些臃肿肥胖，从中可以预测出等她真正老了的时候是什么样子，以及看出她是如何日复一日地坐在椅子上目光呆滞地盯着前方的。当其他人开始进入房间，经过她的时候，她没有和他们说话，甚至连看都没看一眼。最后，好像自己一定得做些什么似的，她一下子坐在了一张椅子上，一声不发、目不转睛地看着前方。她今天早上感到自己十分衰老，而且也十分没用，好像她的整个人生都很失败，好像她的一生都在历经坎坷却又碌碌无为。她不想再活下去了，然而，她知道自己会活得很久。她的身体非常健壮，注定会活到很老。她可能会活到八十岁，而她现在五十岁了，还要活三十年。她在大腿上不断地翻动着双手，满怀好奇地盯着它们；她这双苍老的手啊，为她完成了那么多的工作。这似乎没有任何意义，一个人要继续活下去，当然要继续活下去……艾伦小姐抬头看见了索恩伯里太太站在自己旁边，她的额头上皱纹遍布，张着嘴唇好像正要发问似的。

艾伦小姐预感到了她的提问。

“是的，”艾伦小姐说，“她今天早上去世了。在非常早的时候，大概三点钟。”

索恩伯里太太发出了小声的尖叫，双唇紧闭了起来，眼里泛起了泪光。她透过眼泪看着此刻洒满阳光的大厅，还有站在结实的扶手椅和桌子旁的那些无忧无虑、悠然自得的人们。在她的眼中，他们看起来是那么不真实，丝毫意识不到大事即将在他们的身边降临。但是并没有什么大事降临，于是他们就继续在椅子和桌子旁边站着。在索恩伯里太太的眼中，他们已经不再存在了，她的目光穿透了他们，就好像他们根本不是实体似的。她看见了房子，房子里的人，房间，房间里的床，还有在床单下的阴影中静静躺着的尸体。她几乎看到了逝者，也几乎听到了哀悼者的悲鸣。

“他们对此有心理准备吗？”索恩伯里太太终于开口问道。

艾伦小姐只是摇了摇头。

“我什么都不知道，”她回答道，“我只知道弗拉辛太太的女佣告诉我的那句话：她今天凌晨死了。”

两个女人就这样意味深长地彼此注视着。随后，伴随着一种奇特的眩晕感，为了探寻她所不了解的情况，索恩伯里太太缓慢地走上了楼。她沿着走廊静悄悄地走着，用手指触摸着墙壁，似乎在给自己带路。女佣们匆忙地在房间中穿梭。索恩伯里太太避开了她们，她根本没有注意到她们；在她的眼中，她们似乎存在于另外的一个世界中。

当伊芙琳拦住她的时候，她甚至都没有抬头。伊芙琳很明显刚刚哭过，而看到索恩伯里太太的时候她又忍不住开始哭了。她们一同走到了一扇窗口前，沉默地站在那里。最终，伊芙琳伴随着抽泣开始断断续续地说话。“太可怕了，”她呜咽着说，“太残忍了——他们原本是那样幸福。”

索恩伯里太太拍了拍伊芙琳的肩膀。

“这太残酷了——非常残酷。”索恩伯里太太说道。她停顿了一下，往窗外看了一眼山坡上安布罗斯家的别墅；窗子在阳光下格外耀眼，她思考着死者的灵魂是如何穿过那些窗户的。有些东西从世上消失了，这似乎令她感到了莫名的空虚。

“然而年长的人却还活着，”她的眼睛恢复了神采，比往常还要明亮，“这更加说明了这一切都是有因可循的。如果没有原因的话，怎么就会变成这样了呢？”她问道。

她向其他人问过这个问题，但从来没有问过伊芙琳。伊芙琳的啜泣声变小了。“一定是有原因的，”她说，“不可能只是一场意外。如果要是意外的话——本来可以避免的。”

索恩伯里太太重重地叹了口气。

“不过我们自己不能这样想，”她补充道，“而且我们希望他们也不要这样想。无论他们怎么做，结果可能都是一样的。这些可怕的疾病——”

“没有原因——我根本不相信有什么原因！”伊芙琳喊叫着，把百叶窗往下一拉，又啪地一声把它弹了回去。

“为什么这种事情会发生呢？为什么人们应该受罪？我坚信，”她稍微压低了声音，继续说道，“蕾切尔去了天堂，而特伦斯……”

“这么想又能有什么用呢？”她问道。

索恩伯里太太轻轻地摇了摇头，没有回应，只是紧紧地握着伊芙琳的手。随后她又继续穿过走廊，朝着弗拉辛夫妇的房间走去。一路上她都在强烈地希望能够听到些什么，虽然她也不知道自己究竟想要听到什么。当她打开门的时候，感觉自己恰好打断了夫妻间的争吵。弗拉辛太太正背着光坐着，而弗拉辛先生则站在她的旁边争论着，在努力地劝说着什么。

“啊，是索恩伯里太太啊，”他的语气中带着一丝解脱，“你一定听到了我们的对话。我的妻子觉得她负有一定的责任，因为是她竭力说服可怜的温雷丝小姐出游的。我敢肯定你和我一样，认为她的这种想法是毫无道理的。我们甚至都不知道——实际上我觉得不大可能——她是在那里染上这种疾病的。这些疾病——另外，是她执意要去。艾丽斯，不管你劝不劝她，她都会去的。”

“别这样，威尔弗雷德，”弗拉辛太太说道。她一动不动，眼睛也没有从一直盯着的那一块地板上挪开，“现在说这些还有什么用？有什么用？”她停住了。

“我过来是想问问你，”索恩伯里太太对威尔弗雷德说道，因为现在和他的妻子说话起不到什么作用，“你觉得我们现在还能做点什么吗？她的父亲到了吗？可以过去看看吗？”

她此时最强烈的愿望，就是希望能够为郁郁寡欢的人们做点什么——去看看他们去安抚他们，去帮助他们。现在她却距离他们如此遥远，这让她感到十分不快。不过弗拉辛先生摇了摇头，他觉得现在不合时宜——或许他们以后能够帮上忙。就在这时，弗拉辛太太僵硬地站了起来，背对着他们，走进了对面的更衣室。在她的走动中，他们能够看到她的胸脯在缓慢地上下起伏。她的悲伤是寂静无声的。随后她关上了身后的房门。

当完全独处的时候，她紧握住双拳，开始用拳头捶打椅背。她就如同是一只受伤的动物。她厌恶死亡；对死亡咬牙切齿，怒不可遏，怒火中烧，就仿佛死亡是一个真真切切的活物。她不愿意自己的朋友落入死亡之手。她绝不会向黑暗和虚无屈服。她开始来回踱步，双手依然紧握，任凭泪水快速地在她的双颊上流淌。最后，她呆滞地坐了下来，但依然没有屈服。当她停止哭泣的时候，看上去十分倔强和坚强。

与此同时，在隔壁的房间中，既然妻子不在这里，威尔弗雷德和索恩伯里太太便开始更加自由地攀谈了起来。

“这种地方最糟糕的就是，”他说，“人们会表现得就像他们还在英国一样，但实际并不是。我毫不怀疑，温雷丝小姐就是自己在别墅里被感染的。她一天可能有无数次得病的机会。说她是和我们在一起时被传染的，这真是荒谬。”

如果不是真心为他们感到难过的话，他早就恼怒了。“佩珀先生告诉我，”他继续说道，“他之所以离开了那座房子，是因为他觉得那些人都太不小心了。他说他们从来不好好洗菜。可怜的家伙们！他们付出的代价太可怕了。但这只不过是我一次又一次地见到的这类事情重演罢了——人们似乎总忘记这类事情会发生，然而当它真的发生时，他们又会感到惊讶。”

索恩伯里太太同意他的说法：他们都太粗心了。而且没有理由断言她是在出游期间感染上的伤寒；他们又谈论了一会儿别的事情，她随后离开了他们的房间，伤心地沿着走廊回到了她自己的房间。这种事情的发生一定存在着某种原因，她这样思考着，关上了房门。只是很难一下就找出究竟是什么原因。这件事看起来是如此奇怪——如此令人难以置信。为什么，不过是在三周前，仅仅两周以前，她还见到了蕾切尔；当她闭上眼睛的时候，似乎还能看得到那个安静、害羞、即将步入婚姻殿堂的女孩。她在想，如果她在蕾切尔这个岁数就死掉的话，会错失多少东西；当她回首过往的时候，发现孩子、婚姻生活以及在她眼中难以想象的深刻思想和奇迹事物，都在日复一日、年复一年地占据着她的人生。这种震惊的感觉让她难以思考，令她逐渐地产生了一种相反的感觉；她快速又清晰地思考着，回顾与梳理了自己以往的所有经历。毫无疑问，她经历过痛苦，也经历过挣扎，但是总体看来，也收获了同等的幸福——一切都是井然有序的。年轻生命的消逝也并不是生命中最悲惨的事情——因为他们获得了太多爱护和太多照料。逝去的人——她想起了那些英年早逝的、意外去世的人——是美丽的，她经常梦到死者。特伦斯也迟早会意识到这些的——她起身，开始在屋内不停地踱步。

对于她这个年龄的人来说，她此刻显得过于焦虑不安；而对于她一贯清晰、敏捷的思维而言，她此刻变得异乎寻常地困惑。她无法安心做任何事情，所以当房门被打开的时候，她感到了一阵解脱。她向她的丈夫走去，把他拉入了自己的怀中，异常激烈地亲吻着他，接着在他们一起坐定以后，她开始像对待婴儿一样拍着他，询问着他，就好像他是一个疲惫的、满腹牢骚的巨婴。她没有告诉他温雷丝小姐的死讯，因为这只会徒增他的烦闷，而他现在的情绪已经很不稳定了。她尝试着找出他如此心神不安的原因。又是因为政治？那些糟糕的家伙又在做什么？她一整个上午都在和丈夫讨论政治话题，而且渐渐地，她开始对他们的话题产生了强烈的兴趣。不过，她不时说出口的那些话在她看来都出奇的空洞乏味。

午餐时，有人说宾馆的游客开始离开了，这里的人每一天都在减少。今天只有四十个人吃午餐，而之前一共有六十个。老佩利太太坐在窗边的座位上，用老眼昏花的目光审视着人群，清点着人数。她身旁除了亚瑟和苏珊，还有佩罗特，以及今天与他们共进午餐的伊芙琳。

伊芙琳感到异常压抑。其他人注意到她双眼通红，猜测到了其中的原因，于是煞费苦心地保持着他们之间的精心交谈。她把两只手肘支在桌子上，没有动过面前的汤盘，就这样忍受了几分钟以后，突然大声地说道，“我不知道你们的感受是什么，但我真的无法考虑其他的事情！”

绅士们同情地嘀咕了几句，表情非常严肃。

苏珊回答道，“没错——这太糟糕了，不是吗？当你想到她是如此美好的一个女孩——才刚刚订婚，而且这种事情本来不该发生的——这太不幸了。”她望向亚瑟，似乎他可以帮她补充一些更加得体的言辞。

“悲惨，”亚瑟简短地说，“然而这也太蠢了——前往那条河就是一件非常愚蠢的事情。（他摇着头。）他们应该多加了解。不能指望英国女人像那些土生土长的本地人一样受得住苦。那天他们在茶会商量这件事的时候，我就已经有意无意地警告了他们。不过现在说这些都没用了——这只会让人往后看——这样一点作用也起不到。”

老佩利太太一直在满意地品尝着汤，这时她把一只手举到了耳朵旁，想听清大家在说些什么。

“你听说了吗，艾玛姨妈，可怜的温雷丝小姐死于高烧。”苏珊轻轻地对姨妈说道。她不能用洪亮甚至正常的声音来传播死讯，因此佩利太太一个字也没能听清。亚瑟于是过来帮忙。

“温雷丝小姐死了。”他非常清晰地说道。

佩利太太向他的方向稍稍倾斜了一些，问道：“啊？”

“温雷丝小姐死了，”他重复了一遍。他只有努力绷紧了嘴部的肌肉，才没有让自己笑出声来。他强迫着自己重复了第三遍，“温雷丝小姐……她死了。”

且不提要听清这些词语是多么困难，实际上要想让佩利太太意识到日常生活以外的任何事情，都是十分困难的。她的大脑似乎负上了重担，尽管没有破坏它的功能，却阻碍着它的运转。她眯起眼睛坐着，在至少一分钟以后，才明白了亚瑟的话。

“死了？”她含糊地说道，“温雷丝小姐死了？我的天啊……这太令人难过了。但我现在想不起她是谁了。我们在这儿好像认识了很多新面孔。”她看着苏珊，想要寻求一些帮助，“一个黝黑的高个儿女孩，就因为皮肤颜色过深所以算不上漂亮的那个？”

“不是，”苏珊打断道，“她是——”随后她在绝望中放弃了描述。给佩利太太纠正一个对不上号的人没有什么意义。

“她本不该死的，”佩利太太继续说道，“她看上去那么健壮。人们总会喝当地的水。我永远也想不通到底是为了什么。在卧室放一瓶苏打水是多么简单的一件事啊。这就是我所采取的全部预防措施，而且可以说，我已经去遍了世界上的每一个地方——意大利就已经去过十几次了……但年轻人啊，总以为自己懂得更多，于是他们付出了代价。真可怜——我为她感到十分遗憾。”此时，她的注意力又转移到了一盘她看不清也够不到的土豆上了。

亚瑟和苏珊两人都暗暗地希望这个话题现在就可以结束，因为这些言论让他们感到很不愉快。但是伊芙琳没有打算就此结束这个话题。为什么人们就不能谈谈真正重要的事情呢？

“我觉得你对这件事情一点都不关心！”她冲着佩罗特先生粗鲁地说道。在他们讨论的时候，他一直在沉默地坐着。

“我？噢，不，我关心。”他尴尬地回答道，语气中带着显而易见的真诚。伊芙琳的问题让他感到不舒服。

“这让人迷惑不解，”伊芙琳继续说道，“我指的是死亡。为什么死的是她，而不是你或者我呢？就在两周前她还和我们在一起呢。你相信什么呢？”她向佩罗特先生质问道，“你相信生活还在继续，她依然活在某处——还是你觉得这仅仅是个游戏——我们的死都会化为虚无？我肯定蕾切尔没有死。”

佩罗特先生原本可以顺着伊芙琳，说些她想听到的话，然而他却没有勇气声称自己相信灵魂永存的说法。他继续沉默地坐着，把手里的面包一点点地捏碎，皱纹也显得比平常更深了。

亚瑟担心伊芙琳下一个问到的是他，于是在停顿了一阵，就像是给这个话题画上了句号以后，挑起了一个全新的话题。

“假如，”他说，“一个男人给你写信，告诉你他认识你的祖父，所以问你要五英镑的话，你会怎么做？是这样的，我的祖父——”

“发明了一个炉子，”伊芙琳说，“我都了解。我们在温室有一个，为了给植物取暖。”

“没有想到我这么有名，”亚瑟说道。“好吧，”他继续说着，下定决心要不惜代价把这个故事讲得越长越好，“这老伙计，大概是他那个时代第二杰出的发明家，而且还是个能干的律师。他和其他人一样，最后去世了，却没有立下遗嘱。现在他的职员菲尔丁，我不知道他的话是否可信，一直声称自己打算为他做点什么事。这可怜的老东西一直在独立进行着发明创造，最后落魄了，现在住在彭奇[1]一家烟草店的楼上。我在那儿见过他。可问题是——我必须帮他付账吗？正义的抽象精神中对此有什么说法吗，佩罗特？记住，我没有从祖父的遗嘱中得到任何好处，而且我也没办法鉴定他所说的话的真实性。”

“我不怎么了解正义的抽象精神，”苏珊一边说一边得意地冲其他人笑着，“但我很确定——他会拿到他那五英镑的！”

佩罗特先生想要开口发表意见，伊芙琳却坚持说他就像所有的律师一样，太过吝啬，总是考虑字面意义却不重视精神。而当佩利太太还在了解他们在说些什么的时候，午餐就在毫无间断的聊天中结束了，亚瑟为自己顺利地转换了话题而暗自感到庆幸。

他们刚一走出房间，佩利太太的轮椅刚好碰上了艾略特夫妇。他们正要迈门而入，而她则刚刚要出门。于是大家驻足停留了一会儿，亚瑟和苏珊祝贺了休林·艾略特身体的逐渐康复——他很消沉，脸色第一次显得如此面如死

① 彭奇（Penge）：位于英国伦敦东南部的郊区，属于伦敦布罗姆利自治区。

灰——于是佩罗特先生借机和伊芙琳悄悄说了几句话。

“今天下午三点半左右的时候，我能见你一面吗？我会在花园里，喷泉边上。”

在伊芙琳开口回答之前，门口的人群就散开了。但是当她在大厅中与他们分开的时候，她两眼放光地看着他说：“你是说三点半对吗？我没问题。”

她欣喜若狂地跑上了楼，预感到她一直期盼的场景即将到来，她的生活又将要变得生机勃勃了。她毫无疑问地相信，佩罗特先生又要向她求婚了，而且她很清楚，在这个场合她应该准备好给他一个确定的答复，因为三天后她就要离开了，但她还是不能对此下定决心。作出决定对她来说非常困难，因为她天生就不喜欢事情的结局；她喜欢不断前行——永远前行。她要走了，因此，她忙着把衣服一件件并排摆好放在床上。她注意到有一些衣服已经破破烂烂的了。她拿起父母的照片，在手里举了好一会儿，才把它收进了盒子里。蕾切尔曾看过这张照片。突然间，在她们共同拥有或触碰过的物体中所保留着的个人气息强烈地袭上了她的心头；她能够感觉得到蕾切尔正在屋子里陪伴着她；她像是正身处一条航行于大海之中的轮船上，而每天的生活就像遥远的陆地一样虚幻。然而与蕾切尔共处一室的感觉很快就渐渐地散去了，她再也感觉不到她了，因为她其实对她知之甚少。不过这短暂的感受还是让她感到抑郁和疲乏。她这一生都做了什么？她的未来又会是什么样的？虚幻是什么，而真实又是什么？这些求婚、亲密和冒险是真实的，还是她在苏珊和蕾切尔脸上看到的满足感才是真实的呢？而这满足感难道比她之前所有的感受都要更真实吗？

她准备要下楼，虽然头脑一片茫然，但是她的手指似乎已经轻车熟路地为她做好了所有的准备工作。当她踏上楼梯的时候，因为思维变得非常愚钝，血液也开始自发地在她的全身流淌。

佩罗特先生正在等着她。他在午餐后就直奔了花园，带着非常焦虑的神情，已经在小路上来来回回地溜达了半个多小时。

“我又像往常一样迟到了！”她一看到他就喊道，“这个，你必须要原谅我，我得打包……我的天啊！看起来暴风雨要来了！停在海湾里的是一艘新来的汽船，是不是？”

她看着海湾。在那里一艘汽船正在把锚抛下，烟雾还在它的周围环绕着，但此时海浪中出现了一股快速抖动的黑色激流。“都快忘了下雨是什么样子了。”她补充了一句。

然而佩罗特先生既没有注意到汽船，也没有注意到天气。

“穆加特罗伊德小姐，”他带着一贯的正式口吻开口说道，“我请你来到这里的动机可能非常的自私。我想你也不需要再一次聆听我对你的感情；但是，你马上就要走了，我觉得自己不能不问你，就让你这样的离开——我还有希望得到你的青睐吗？”

他面色苍白，似乎无法继续说下去了。

伊芙琳下楼时感到的那种欣喜若狂这时在她的身上消失了，她感到自己无能为力。她没有什么好说的，她没有任何感觉。他现在又用那套老式的温和言辞向她求婚，于是她对他的感情比以往更淡薄了。

“让我们坐下来好好谈谈吧。”她心神不宁地说道。

佩罗特先生跟着她坐到了树下一张弯曲的绿色椅子上。他们盯着面前很久都没有喷过水的喷泉。伊芙琳没有思考自己要说些什么，而是一直看着喷泉，眼前没有水的喷泉似乎就是此时此刻自己的写照。

“我当然喜欢你，”她用急匆匆的语气开口说道，“如果不喜欢你的话，我就太无情了。我觉得，你是我见过的最好的人，也是最杰出的人之一。但是我希望……我希望你不要以那样的方式喜欢我。你确定自己可以做到吗？”这一瞬间她内心真诚地期望他说不。

“非常确定。”佩罗特先生说。

“你看，我不像大多数女人那样简单，”伊芙琳继续说道，“我觉得自己渴望更多的东西。我也不清楚自己确切的感受是什么。”

他坐在她的旁边，看着她，克制着自己的言语。

“我有的时候觉得，自己没有办法只对一个人投入太多感情。对你来说，别的女人会成为一个更好的妻子。我能够想象得到，如果你和别的女人在一起的话，会更加幸福。”

“如果你觉得以后自己有可能会喜欢我的话，我很乐意等你。”佩罗特先生说道。

“那么——这并不着急，不是吗？”伊芙琳说，“我要是考虑好了，回去以后就写信告诉你怎么样？我要去莫斯科，所以我会从莫斯科给你写信。”

但是佩罗特先生还在坚持。

“你不能给我留有任何幻想。我也不要求具体日期……那样会显得非常不讲情理。”他停顿了一下，低头看着脚下的碎石路。

她没有立即给出回应，于是他继续说道：

“我很清楚自己没有——以我自己和我现在的处境来说，没有什么可以给你的。还有，我忘了；这对你来说并不稀奇，但对我而言是一个奇迹。直到遇见你之前，我一直都是一个人安静地生活——我和我的姐妹都是很安静的人——我对自己的生活很满意。我和亚瑟的友谊是我生活中最重要的东西。现在我认识了你，一切都改变了。你似乎把活力注入到了我身边一切事物中。生活好像也充满了各种我以前从未想过的可能性。”

“这太棒了！”伊芙琳大声说道，一把抓住了他的手。“现在你回去以后开始着手各种各样的事情，令自己名扬四海吧；而我们可以继续做朋友，无论发生什么事……我们都可以做好朋友，对不对？”

“伊芙琳！”他突然伤心地叫着她的名字，把她拉入怀中，亲吻着她。她并没有排斥，虽然这对她几乎没有什么效果。

当她再次坐直的时候，说道：“我不明白为什么人们不能一直做朋友——虽然有些人能够做到。而且友谊真的会产生举足轻重的影响，不是吗？友谊在一个人的生命中难道不是至关重要的吗？”

他一脸困惑地看了看她，好像根本没有听懂她在说什么。他努力重新使自己振作起来，坐直了身子，说道：“现在我已经告诉了你我自己的感受，我只想补充一句：你希望我等多久，我就会等你多久。”

等他走开以后，伊芙琳在小路上来回徘徊着。这一切还有什么关系？还有什么意义？

第二十七章

那整个晚上，阴云不断地聚集，直到完全遮住了整片天空的蔚蓝。云层似乎拉近了大地和天空之间的距离，空气因此没有足够的空间自由地流动；海浪也好像受到了压制似的，平坦而僵硬地躺在海面上。花园里灌木丛和树枝上的叶子紧紧地垂挂在一起，而压抑和束缚的感觉也随着小鸟和昆虫的鸣叫声而变得越来越深切。

灯光和寂静都是如此怪异，餐厅里一贯的嗡嗡声中时不时掺杂着一段明显的沉默。而在这沉默之中，餐刀和盘子的碰撞声音清晰可闻。第一声雷突然而来，第一滴雨点落在窗玻璃上，这引起了一阵骚动。

“下雨了！”人们用不同的语言同时说道。

紧接着是一片深深的寂静，仿佛雷声已经自己停了下来。人们刚刚开始重新用餐的时候，一股冷空气从打开的窗子吹了进来，把桌布和裙子吹了起来，一道闪电一闪而过，随之而来的则是回响在宾馆上方的一声炸雷。雨点也噼里啪啦地落了下来。暴风雨伴随着四下门窗被用力关上的“砰砰”声响一同到来了。

房间里瞬间暗了许多，似乎风在推动着一层层黑暗的波浪掠过整个大地。一时间，没有人再继续进餐，大家都坐着望向花园，手上的叉子还悬在半空中。此刻闪电越来越频繁，照亮了一张张脸庞，就好像在给他们拍照似的，而他们脸上的表情紧张且不自然。随之而来的轰隆声越来越近，猛烈地冲击着他们。几位女士从椅子上半站了起来，随后又坐了下去。每一双眼睛都盯着花园，晚餐就在这心神不定的气氛中持续着。外面的灌木丛变得皱褶而苍白，大风把它们吹弯了腰，似乎直贴地面。服务生在食客的提示下紧紧按着餐盘，食客们必须努力引起服务生的注意，因为他们也都在专注地看着暴风雨。由于雷声没有消退的迹象，反而在头顶愈来愈集中，而闪电也每次都冲着花园直直劈下，大家起初的兴奋被不安的阴郁取代了。

快速地用完餐后，大家聚集在了大厅中。因为可以远离窗台，他们感觉在这里比在任何地方都要安全。虽然还听得到雷声，但是他们什么都看不到了。一个哭哭啼啼的小男孩被妈妈抱着走开了。

暴风雨还在持续着，似乎没有人想要坐下。他们成群结队地站在大厅中央的天窗下，小心翼翼地抬头向上看着。随着闪电划过，他们的脸庞不时变得煞白。最后，一声巨响之后，天窗的玻璃在接缝处松开了。

“啊！”无数惊呼同时响起。

“什么东西坏了。”一个男人的声音说道。

大雨倾盆而下，似乎浇熄了闪电和雷声，整个大厅几乎变得一片漆黑。

人们安静地听着雨点敲打玻璃的噼啪声。一两分钟之后，雨声逐渐放缓了，于是屋子里的气氛也轻松了一些。

“雨停了。”另一个声音说道。

随着开关被轻轻一按，所有的电灯都亮了起来，这时可以看清所有人都在站着，神情紧张地向上看着天窗，但当他们在电灯的光亮下看到彼此后，就立即背过身，四下散开了。雨水继续敲击了天窗几分钟，雷鸣也继续震颤了一两声；但是从黑暗的消散和雨水在房顶上轻轻的敲打声可以知道，那团巨大而混乱的空气正在逐渐离他们远去，从他们的头顶上空带着云朵和激情向海洋飘去。在暴风雨的喧嚣中显得格外渺小的建筑又变回了以往的方正和宽敞。

暴风雨离开以后，宾馆大厅里的人们又坐了下来；带着一种解脱后的轻松，他们开始互相讲述关于暴风雨的故事，为这个夜晚又增添了不少可供消遣的话题。这时棋盘被搬了出来。艾略特先生今天没有穿带衣领的衣服，而是戴了一个襟饰领带，这是他身体渐愈的标志。如往常一样，他向佩珀先生发起了一盘决胜局的象棋挑战。他们的四周很快就聚拢了一群手拿针线活的女士，而没有针线活的就拿着小说前来观战，就好像在看两个小男孩玩弹珠游戏似的。她们偶尔看一眼棋盘，并时不时地对两位男士表示鼓励。

不远处，佩利太太把手中的卡片在眼前摆成了长长的阶梯，苏珊坐在她的身边看着，但没有给出建议。不知名的商人们和各色人等，膝上放着报纸，在扶手椅中伸着懒腰。在这种氛围中，所有谈话都是轻言轻语、断断续续，而且支离破碎的，不过房间中却充满了一种不可名状的活力。一只灰色翅膀、胸腔放光的蛾子时不时地从他们头顶嗡嗡飞过，然后砰地一声撞到灯上。

一位年轻的女士放下了手中的针线活惊呼，“可怜的东西！还是打死它更仁慈一些。”但是没有人愿意起身去打死这只飞蛾。他们就这样看着它从一盏灯冲向另一盏灯，因为他们此刻都很舒服，而且无事可做。

坐在棋局旁边沙发上的艾略特太太正在向索恩伯里太太传授一种新的织法，所以她们的脑袋挨得很近，只能通过索恩伯里太太当晚戴的蕾丝帽来分辨两人。艾略特太太是编织的专家。面对旁人的称赞，她明显十分自豪，但嘴上还是在故作谦虚。

“我觉得我们都有引以为豪的事情，”她说，“而我则为自己的编织能力自豪。我认为这种事情是家族遗传的。我们家都很擅长编织。我有一个舅舅，一直到死都是自己编织袜子的——而且他编得比他所有的女儿都要好，真是个可爱的老先生。我在想，艾伦小姐，你眼睛用得那么多，却从不在晚上做编织活儿。你要是试试的话，就会发现这样能够令人放松，我说的是——能让眼睛歇歇——而且在集市上也会大受欢迎的。”她用编织专家那种柔和朦胧的腔调，继续温和地娓娓道来，“按我的做法总能处理好，这真是一种享受，因为我不觉得自己是在浪费时间——”

艾伦小姐听完之后，合上了书，平静地观察了一会儿其他人。最后开口说道，“因为你的妻子恰好爱上了你，你就选择离开他，这很明显是不合常理的。但是——根据我的理解——这正是这本书中男主人公的所作所为。”

“啧啧，这听上去可不好——不，完全不合常理嘛。”大家一边专心地忙着针线活儿，一边低声说道。

“尽管如此，这本书还是口碑很好。”艾伦小姐补充道。

“《母性》[①]——迈克尔·杰索普的著作——我敢肯定。”艾略特先生插嘴道，因为他在下棋的时候，永远禁受不住聊天的诱惑。

“你知道吗，”艾略特太太过了一会儿说，“我认为人们现在写不出好的小说了——不管怎样，肯定都比不上他们之前的那些作品了。”

没有人自找麻烦表示同意与否。亚瑟·范宁一直在来

① 为作者杜撰的著作。

回走动，有时看一看棋局，有时读一页杂志，他看了艾伦小姐一眼，她正昏昏欲睡，于是他开玩笑地问道，“告诉我，你在想什么呢，艾伦小姐。”

其他人都抬起了头。他们很高兴看到亚瑟并不是在和自己说话。不过艾伦小姐毫不犹豫地回答道，“我在想我幻想中的一个舅舅。每个人都有一个幻想中的舅舅，不是吗？”她继续说道，“我就有一个——一个讨人喜欢的老绅士。他总会送东西给我。有时候是一块金表；有时候是一辆双座马车；有时候是位于新森林的一座美丽的小别墅；有时候是一张能带我去最渴望到达的地方的船票。”

她令大家都心不在焉地思考起了自己想要的东西。艾略特太太明确地知道自己想要什么：她想要一个孩子。一想到这里，她平常就紧锁的双眉更加紧蹙了。

“我们如此幸运，”她看着她的丈夫说道，“我们的确没有什么欲望。”她说出这句话，一方面是为了说服自己，另一方面也是为了让其他人信服。但她还没有来得及继续说下去，就被刚进门的弗拉辛夫妇打断了。他们穿过大厅，在棋桌旁停下了。弗拉辛太太看上去比以往还要狂放。一缕长长的黑发垂了下来，遮住了她的眉毛，她的脸颊也像被鞭笞了一样暗红。他们满身都是雨点的湿痕。

弗拉辛先生解释说，他们一直在屋顶观看暴风雨。

“那场景真是太壮观了，”他说，“海面上电闪雷鸣，把海浪和远方的船只都照亮了。你无法想象那些山峰在闪电的照射下看起来是多么奇妙，还有那庞大的阴影也是无比美妙。但现在一切都消失了。”

他的身体滑进了一张椅子，开始饶有兴致地观看这场棋局的最后较量。

“你明天要回去了？”索恩伯里太太看着弗拉辛太太问道。

“是的。”她回答说。

“确实，现在走没有什么好遗憾的，”艾略特太太说道，语气中带着一丝悲伤的焦虑，“毕竟这里有这种病。”

“你怕死吗？”弗拉辛太太轻蔑地问道。

“我觉得我们所有人都怕死。”艾略特太太坚定地回答。

“我认为，当那一刻即将来临的时候，我们大家都是懦弱的，”弗拉辛太太一边说着，一边把她的脸颊在椅背上来回蹭着，“我肯定会的。”

“完全不是这样！”弗拉辛先生转过身说道，因为佩珀先生考虑了很久他下一步棋的走法，“艾丽斯，想要活下去并不是懦弱。它反而和懦弱完全相反。个人而言，我愿意再活一百年——当然，前提是我的器官还能正常工作。想想所有命中注定的事情吧！”

“这也是我的想法，”索恩伯里太太又加入了对话，“这些变化、进步、发明——还有美好。你知道吗？我有时候觉得自己根本无法承受死亡，也无法忍受再也看不到周围的美丽这件事。”

“在还没有探明火星上究竟有没有生命就死去，确实非常愚蠢。”艾伦小姐补充道。

“你真的相信火星上有生命吗？”弗拉辛太太第一次兴致勃勃地转向艾伦小姐问道，“谁告诉你的？很懂行的人吗？你认不认识一个叫作——？”

这时索恩伯里太太放下了手中的针线活儿，流露出格外关怀的神情。

“赫斯特先生来了。”她轻轻说道。

圣约翰刚刚走进回转门。他的脸被风吹得惨白，看起来胡子拉碴的，而且整张脸都深陷了下去。脱去外套以后，他原本要直接穿过大厅上楼回自己的房间，但他没办法不理睬在场的这么多熟人，尤其是索恩伯里太太已经起身向他走了过来，并且伸出了她的手。然而他刚刚摸黑在雨中走过来，并且在漫长的这几天中产生了不少的紧张和恐惧，再加上这温暖明亮的房间，以及这么多兴高采烈的人悠闲地坐在一起的场景给他带来的冲击，将他彻底地击垮了。他看着索恩伯里太太，却一句话也说不出来。

所有人都默不作声。佩珀先生的手放在自己的骑士棋子上。索恩伯里太太把一张椅子移到圣约翰的旁边，挨着他坐了下来，然后眼含泪光，轻柔地说道："你已经为你的朋友做了一切。"

她的这一举动让大家又恢复了交谈，就好像从来没有停止过似的，而佩珀先生也走完了他的棋。

"再也没什么可做的了，"圣约翰说道。他的语速很慢，"这似乎不可能——"

他用手揉了揉眼睛，似乎有某种梦境出现在了他和其他人中间，让他看不清自己身处何方。

“还有那可怜的小伙子。”索恩伯里太太说道，泪水又顺着她的脸颊流了下来。

“不可能。”圣约翰重复道。

“他有没有感觉好一点，在知道——”索恩伯里太太小心翼翼地询问。

但是圣约翰没有回答。他躺在自己的椅子上，漫不经心地看着众人，听着他们在说话。他累极了，而这里的光亮、温暖、晃来晃去的手，还有轻柔的交谈声都让他感到轻松；它们给他带来了一种奇怪的宁静和解脱。他坐在那里，一动不动，这种解脱的感觉变成了一种极为强烈的幸福感。并不是对特伦斯和蕾切尔背信弃义，但他也不愿再想起他们中的任何一个了。这些动作和声音似乎从房间的四面八方涌来，聚拢在了一起，然后在他的眼前逐渐形成了一个形状；他满意地坐在那里安静地看着这形状逐渐成形，观察着他几乎无法看见的东西。

这盘棋下得相当精彩，佩珀先生和艾略特先生也越战越勇。索恩伯里太太注意到圣约翰没有继续说下去的意思，于是她重新开始了手头的针线活儿。

“又是闪电！”弗拉辛太太突然惊呼。一道黄色的闪电划过蓝色的窗户，一瞬间大家都能看到窗外绿色的大树。她大步走向门口，把门打开，身子探出了一半。

不过，那道光只不过是暴风雨结束的标志。大雨已经停了，重重云彩也被吹散开了，虽然月亮被一层蒸汽一般的薄雾笼罩着，但此时的空气又稀薄又清新。天空又恢复了以往那种庄严的深蓝，大地的形状在苍穹之下清晰可见，巨大、阴暗而且坚实，它高耸入云形成山峰，在别墅的微光下遍布在山坡的周围。流动的空气，大树的沙沙声，以及时而照亮整片大地的闪电，都让弗拉辛太太欣喜若狂。她的胸脯在不停地起伏着。

“太棒了！太棒了！”她自言自语道，接着她转身走进大厅，用命令的口吻大声说道，“威尔弗雷德，出来看看，太美了！”

有些人稍稍挪动了一下；有些人站起了身；有些人的毛线球掉在了地上，开始弯腰寻找。

“上床去吧——上床去吧。”艾伦小姐说。

“你皇后的这步棋走错了，佩珀。”艾略特把所有棋子拢到了一起，站起身得意洋洋地大声说道。他赢了这局棋。

“什么？佩珀最后输了？恭喜你！”亚瑟·文宁一边说着，一边推着佩利老太太回卧室。

所有这些声音在圣约翰的耳中都是那么悦耳，他正在半睡半醒地躺着，却清醒地意识到了周围发生的一切。在他的眼前闪过了一串物体，黑漆漆的看不清楚。一个个人影拾起他们的书，他们的纸牌，他们的羊毛线球，他们的针线袋，然后一个接一个地从他的身边走过，去上床睡觉了。